一看就明白

《三国演义》

作家出版社

　　"四大奇书"，是指明代的四部通俗长篇小说：《三国志通俗演义》《忠义水浒传》《西游记》和《金瓶梅词话》。奇书之称，较早见于明代屠隆《鸿苞·奇书》，"奇书"主要指文言小说。明末张无咎《批评北宋三遂新平妖传叙》，称通俗小说"可谓奇书"。清初顺治庚子（1660），西湖钓史于《续金瓶梅集序》谓："今天下小说如林，独推三大奇书，曰《水浒》《西游》《金瓶梅》者，何以称夫？《西游》阐心而证道于魔，《水浒》戒侠而崇义于道，《金瓶梅》惩淫而炫情于色，此皆显言之、夸言之、放言之，而其旨则在以隐、以刺、以止之间。唯不知者曰怪、曰暴、曰淫，以为非圣而畔（叛）道焉。"

康熙十八年（1679），李渔为醉耕堂《四大奇书第一种》（即毛纶毛宗岗评本《三国志演义》）作序，其中说："昔弇州先生有宇宙四大奇书之目，曰《史记》也，《南华》也，《水浒》与《西厢》也。冯犹龙亦有四大奇书之目，曰《三国》也，《水浒》也，《西游》与《金瓶梅》也。两人之论各异。愚谓书之奇当从其类。《水浒》在小说家，与经史不类；《西厢》系词曲，与小说又不类。今将从其类以配其奇，则冯说为近是。"弇州指王世贞，明代嘉靖万历年间人，冯犹龙即编辑"三言"等通俗短篇小说的冯梦龙，明万历时人。按照李渔的说法，王世贞首先发明了四大奇书的名目，但其中只有《水浒传》是小说，冯梦龙才用以统称四部长篇小说。李渔在两衡堂刊本《李笠翁批阅三国志》序言中也说过类似的话。李渔之后，"四大奇书"的说法逐渐流行而成俗惯之语。

清代以往，特别是到近现代，由于《金瓶梅》有"淫书"

之目，受到一些社会势力的抵制，而《红楼楼》行世后影响日增，表面上，《红楼梦》与《金瓶梅》又都是写家庭生活的"世情"或"人情"小说，《红楼梦》乃逐渐取代《金瓶梅》而跻"四大"之目。不过"四大名著"的说法，并未见之于正式著录，似乎是出版家们出于商业目的，把四部小说作为一套出版而逐渐约定俗成。特别是1949年以后，文学作品的出版成了国家行为，随着人民文学出版社推出这四部小说名著，"四大名著"之称乃日益普及。

当然，四大名著的确不愧"名著"，随着时代的演进，已经上升为文学经典和民族的文化瑰宝。二十世纪八十年代以后，根据四大名著改编的电视剧在中央电视台先后播出，更产生了巨大的社会影响。对四大名著的学术研究，也成了中国古代文学研究的重镇，每一部名著，都有相应的研究学会，各种研究论文和著作，都可谓汗牛充栋。进入二十一世纪，随着市场化、信息化时代到来，以四大名著为标榜的各种著作和社会文化活动等更是层出不穷。

　　四大名著中，我对《红楼梦》研究用功最深，已经出版相关著作多种。其他三本书，早年也写过几篇论文。收入《箫剑集》（山西教育出版社 2000 年出版）者，有研究《三国志演义》的四篇，研究《西游记》的一篇。其中《诸葛亮形象的文化意义》首发于 1986 年 11 月 18 日《光明日报》"文学遗产"第七一九期，复被选入《名家品三国》（过常宝、刘德广主编，张净秋选编，中国华侨出版社 2008 年出版），《自由的隐喻:〈西游记〉的一种解读》则入选《20 世纪〈西游记〉研究》（梅新林、崔小敬主编，文化艺术出版社 2008 年出版）。《浪子风流——〈水浒传〉与元曲文化精神脉络考索》发表于《水浒争鸣》第七辑（中国水浒学会主办，武汉出版社 2003 年出版）。

　　我曾主编六部古典小说"新评新校"系列丛书，山西古籍出版社 1995 年出版。其中我自己承担了《红楼梦》的评校和《封神演义》的校，另外三大名著和《儒林外史》的评校以及《封神演义》的评，则约请其他学者完成。后来给研究生开四大名著研究课程，逐渐对《红楼梦》之外其他三部书的学术研究史况，也有了比较深入的了解。而三晋出版社（原山西古籍出版社）要重新推出四大名著的评批本，并希望由我一人承担全部评批工作。由于时间紧迫，我只完成了《红楼梦》评批的修订和《三国志演义》《西游记》的评批，保留了陈家琪评批的《水浒传》，四大名著新评本乃于2012年问世。不过随后一年多，我即又先后完成了《封神演义》与《水浒传》的评批，只是尚未有出版机缘。

在评批的基础上，又升华出文章。自2014年始，于《名作欣赏》上旬刊陆续发表了有关《水浒传》《西游记》《三国志演义》的三个探秘系列，并把其中内容观点在一些讲坛做学术演讲，而颇受欢迎和好评。现在这本《四大名著经典要义》，就是这些系列文章的结集，当然又增加了有关《红楼梦》的部分（亦于《名作欣赏》上旬刊 2018 年各期发表）。

　　老实说，对这本书，我自己颇为得意。因为无论哪一部名著，都有新的发现发明，都是其他研究者基本上从来没有说过的。最得意的，是《水浒传》和《西游记》研究，"黄姓人"在《水浒传》里的艺术隐喻，对《西游记》思想艺术奥秘的种种新发现，此前从未有人道及。自以为解决了此二书聚讼多年公说公有理婆说婆有理的一些学术纷争，如《水浒传》是否肯定"忠义"价值，《西游记》是否只是"游戏之作"而"没有什么微妙的意思"，皆因我的文章而得出了答案，且自信能经得起历史检验。《三国志演义》的几篇，"帅哥"和"美女"是新作，其他三篇乃《箫剑集》中旧文新编。虽是旧文，其内容观点，也是独家提出，且迄今未被超越。"知遇之感"，"分合之韵"，"韬晦之计"，这些《三国志演义》的文化内涵，自以为搔着了该书痒处，与一般的常论不同。

　　至于《红楼梦》，自然奠基于我多年的红学研究心得，提出某些新见，也仍然是探佚、思想、艺术三位一体的立场和表述。在表达讲解方式上，这次也颇有新特点，即格外突出了"两种《红楼梦》"的对比讲解，从情节内容，到思想境界、艺术形式，都把曹雪芹原著与后四十回续书的差异做黑白分明的对照对讲，与我以往的红学著作相比，可能更有醍醐灌顶的直观效果。

对四大名著的读解，"经典"是关键词，它与"奇书"有某种同义。美国汉学家浦安迪（Andrew H. Plaks）教授在学术演讲录《中国叙事学》（北京大学出版社 1996 年出版）中提出了中国古典小说的"奇书文体"概念，其名著《明代小说四大奇书》（有国内中文版，生活·读书·新知三联书店 2015 年新版）又提出了"文人小说"概念。他说："我对这些'奇书'的见解是基于这么一个信念，即它们只有被看作是反映了晚明那些资深练达的文人学士的文化价值观及其思想抱负，而不仅仅作为通俗说书素材摘要时，才会获得最富有意义的解释。我相信，这几部小说的最完备修订本的作者和读者正是创作了独树一帜的明代'文人画'和'文人剧'精品的同一批人。所以，我不揣冒昧，也许言过其实地把这些小说称为'文人小说'。"——周汝昌先生曾对浦安迪"奇书文体"的说法极表赞赏推崇。我相信，我这本著作将能够给浦安迪教授此种立场和理解提供有力的支持，并使其深化。

无论四大奇书还是四大名著，它们的确都是"文人小说"，创造了独特的"奇书文体"，也可以说就是精英文学，虽然有一个通俗小说的外壳。这就与其他等而下之的明清通俗小说有了严格区别，可谓泾渭分明而神情风貌大异。无论是思想的深刻，还是艺术的高明，或者境界的超越，四大奇书，四大名著，再加上《儒林外史》《封神演义》等少数几本，都比其他明清通俗小说高出了不知凡几。它们是完全不同层次和量级的作品，不可同日而语。这就是经典的分量和价值。而只有"奇书"和"经典"，才有"精要"或"要义"可发掘，有"秘"可探。"精要"或"要义"和"秘"——其实是博大精深的中华文化。

因此，本书也体现了一种明确的学术立场，即不能完全赞成学界相当盛行的"世代累积型集体创作"说法，所谓："明代小说四大奇书《三国》《水浒》《金瓶梅》《西游记》并不出于任何个人作家的天才笔下。它们都是在世代说书艺人的流传过程中逐渐成熟而写定的。"（上海古籍出版社1997年出版徐朔方《小说考信编·前言》）目前研究界对此说的过分张扬和穿凿，已经产生了对几部文学经典"拆碎七宝楼台"而"不成片段"之解构和矮化的消极作用。无论《三国志演义》或《水浒传》或《西游记》，都曾有过故事情节的"世代累积"过程，有过民间讲说的历史流传过程，这毋庸置疑。但，同样要承认，而且要更加强调和重视，这三部小说的现存文本，都曾经由一位天才级别的文人才士予以最后写定，这种写定，是天才原创性质的，文学经典因此才得以出现，这一点不能怀疑，不容否定。无论小说作者是否名叫罗贯中、施耐庵、吴承恩，或另有他人，天才作者是确实存在的，不是乌有先生亡是公。《金瓶梅》同样如此。有天才作者，才有经典的文本。天才！天才！这是"四大奇书""四大名著"之所以能"奇"和"名"的根本所在。

表面看来，"世代累积型集体创作"与"天才文人创作奇书文体"，似乎只是对四大奇书、四大名著的具体学术定位有差异，其实，这种差异反映了更广泛更深刻更本质的治学方略分歧，它已经不局限于对中国古典小说的研究，而是涉及整个古典文学研究领域（也可以推广到全部文学艺术研究领域乃至其他学术研究领域）两种根本对立的学术研究的态度和立场。关键与核心所在，是对文学现象做学术研究的方略，究竟是考据、义理、辞章即史、哲、文三方面辩证结合，而"综互合参"（周汝昌语，非"综合互参"），还是把

"文献考据"绝对化，罔顾"义理"与"辞章"（也就是"思想"与"艺术"）的思辨与体悟，从而得出一些偏颇甚至完全错误的结论还自以为是？这个问题在四大奇书、四大名著的研究中格外突出。比如"红学"研究中关于脂批本与程高本的孰前孰后、孰优孰劣、孰真孰假的长期纠缠，就是典型的例子。

因为四大名著是"名著"和"经典"，其思想之高深、艺术之微妙非同小可，对它们做考据，研究者义理思辨和艺术感悟的素质能力之高低强弱也就成了一种重要的前提条件，脱离文本思辨和审美的单纯的文献考据往往会见木不见林而错会误判。而且，一个基本的事实是，古代小说的"文献考据"，由于"文献"本身的历史局限，带有各种复杂性和或然性，因此更不能把某些有限的、或然的看法或假说，某些一隅之见夸大成铁板钉钉的"结论"。对四大名著搞文献考据研究，能不能恰当地结合对文本的义理思辨和艺术感悟而"综

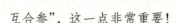

互合参"，这一点非常重要！

谭帆等著《中国古代小说文体文法术语考释》（上海古籍出版社2013年出版）中有"'奇书'与'才子书'考"一章，其中说："明末清初的文人以'奇书''才子书'指称通俗小说是有深意的：'奇书'者，内容奇特、思想超拔之谓也；'才子书'者，文人才情文采之所寓焉。故将小说文本称为'奇书'，小说作者称为'才子'，既是人们对优秀通俗小说的极高褒扬，同时也是对尚处于民间状态的通俗小说创作所提出的一个新要求。""明中后期持续刊行的《三国演义》《水浒传》《西游记》和《金瓶梅》确乎是中国小说史发展中的一大奇观。在人们看来，这些作品虽然托体于卑微的小说文体，但从思想的超拔和艺术的成熟而言，他们都倾向于认为这是文人的独创之作。""以'奇书''才子书'来评判通俗小说，实则透现了一种独特的文化信息，体现了文人对通俗小说这一文体的关注和评价，这是文人士大夫在整体上试图改造通俗

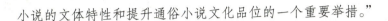

小说的文体特性和提升通俗小说文化品位的一个重要举措。"

因此，本书也鲜明地表现了我的治学个性和特点，可以概括为：悟证灵感迸发，论证展开阐释，考证补充完善。悟证、论证、考证三者齐头并进，相辅相成，而悟证和论证是本人的强项，考证则首先是一种借鉴式的宏观把握，具体的问题，往往需要时才查考比对资料而有意为之。我始终不是在"做论文"，而是在"写文章"，或者说在写"论笔"，这是我杜撰的一个词——随笔文章其形而有论文之实，突出"灵感""悟性"，也讲究"写文章"的"笔法"，而不呆板地标榜所谓"学术规范"，我的书文也因此有"可读性"。红学研究如此，其他古典小说研究如此，元曲、苏轼、佛教、道教研究也如此。得耶？失耶？是耶？非耶？说到本根上，中华文化是艺术型感悟型文化，不是科学型逻辑型文化，只用逻辑和"科学"，其实发现不了"四大名著"这些中华文学经典和文化经典之"精要"或"要义"和"秘"。

正是:

探秘方知经典奇，渔郎偷入武陵溪。

中华文脉千门户，梦觉雄鸣傲晓鸡。

2017 年 6 月 24 日于大连

目录

第一讲 《三国志演义》的帅哥之谜

《三国志演义》是清初毛纶、毛宗岗父子在罗贯中《三国志通俗演义》基础上做了较多修改润色的通行读本，其开头的一阕《临江仙》词乃明代杨慎作品，就是罗本原无而毛本加入的：

> 滚滚长江东逝水，浪花淘尽
> 英雄。是非成败转头空，青山依
> 旧在，几度夕阳红。……

这让我们想起另外一阕词，苏东坡的《念奴娇》：

大江东去，浪淘尽，千古风流人物。故垒西边，人道是、三国周郎赤壁。乱石崩云，惊涛拍岸，卷起千堆雪。江山如画，一时多少豪杰。

　　遥想公瑾当年，小乔初嫁了，雄姿英发。羽扇纶巾，谈笑间，樯橹灰飞烟灭。……

　　小乔初嫁了，雄姿英发，千古风流人物，乱石惊涛，不就是在历史社会动荡中，英雄美人高山流水遇知音吗？我们讲《三国志演义》，主要围绕帅哥、美女，"天下大势，分久必合，合久必分"的"分合"困惑，"韬光养晦"，知遇和知音这五个方面。当然最后也要介绍一点版本和作者的知识背景。

　　帅哥：赵云和马超谁更帅？

　　美女：貂蝉和二乔谁更靓？

　　分合：历史的尴尬和困局。

　　韬晦：智慧还是阴谋？

知遇：寻找我的另一半？

首先，我们讲帅哥。《三国志演义》代代流传，但我们有没有仔细想想，我们到底喜欢里面的什么呢？过去有一句话叫"少不读水浒，老不读三国"，好像是说《三国志演义》里面写了太多的阴谋诡计，说得好听一点，谋略计策，体现了对智慧的赞美。但实际上，并不是老了才读《三国志演义》，大多数津津乐道《三国》的，还是青少年。比如一句流行的三国武将顺口溜就是青少年编的："一吕二赵三典韦，四关五马六张飞，七许八黄九姜维。"

这说明，《三国志演义》最吸引青少年的，还是那些写武将的章节。这是因为，武将大多数是青少年，不管是对他们武功的刻画，还是对他们打斗的描写，都是生命力的张扬奔放，是一种青春活力的展现。

古今中外的大多数名著，都是以青少年为主角。西方的比如法国司汤达的《红与黑》和罗曼·罗兰的《约翰·克利斯朵夫》，俄国莱蒙托夫的《当代英雄》，美国马克·吐温的《哈克贝利·费恩历险记》等，还有曾经风行的《牛虻》和《钢铁是怎样炼成的》。中国古典四大名著，《水浒》里造反的好汉都是青年豪杰；《西游记》里最精彩的前七回，孙悟空的成长传记，其实象征着人在青少年时期的骚动；《红楼梦》里的贾宝玉和金陵十二钗，也都是少男少女。所以，《三国》里面，是那些青少年武将，最能抓我们的心。这些武将，当然还是以刘备一方的被写得最多最精彩，也就是所谓"五虎上将"。这五虎上将，就是五种类型，关羽是道德型，张飞是粗豪型，黄忠是老将型，最帅气的还是赵云和马超。我们最喜欢的其实也是赵云和马超，因为他们是美男加勇男，体现了青春最辉煌的一面。人谁不爱美谁不爱勇敢谁不爱青春呢？那么，赵云和马超谁更帅一点？他们两个之间，又有什么区别呢？我们分别来看看。

一、帅哥赵云

我们先看《三国志演义》中对赵云的描写。

我们知道，历史的真实，赵云在刘备的团队里没有受到应有的尊重，生前只被封为永昌亭侯，地位远在关羽、张飞、马超和黄忠之下。后主刘禅即位，追谥前朝功臣，开始只是给关、张、马、黄和庞统以谥号，姜维等蜀国的大臣们为赵云鸣不平，说他"昔从先帝，功绩既著""义贯金石"，赵云才被追谥为顺平侯。不过在五虎将中，赵云却是活得最久而离去最晚的一位，而通过《三国志演义》的传播，他的形象和声名已经和关羽并驾齐驱，而超过了五虎将中的另外三人。文学还是很厉害的啊！

（一）赵云出场了

《三国志演义》中，赵云在第七回就出场了。那时东汉末年刚刚开始天下分崩，董卓占领了长安，袁绍和公孙瓒等军阀混战，争夺地盘，公孙瓒被袁绍手下的勇将文丑追杀，形势危急，突然从草坡下面出来一个少年将军，飞马挺枪，救了公孙瓒，并与文丑"大战五六十合，胜负未分"。这是赵云第一次亮相。

赵云有三大"宝"。

第一，是通过赵云与文丑的战斗不分胜负表现赵云的武艺特别厉害。因为文丑是河北名将，武功超强，能和文丑杀五六十个回合不分胜负，那就很不得了。文丑后来被关羽所杀，但按小说描写，关羽是因为骑的赤兔马快，而占了便宜，并不是武艺真比文丑高多少。所以文丑、关羽和赵云的武艺是半斤八两。

第二，是突出了赵云的忠肝义胆，志向崇高。赵云说他原来是袁绍手下的人，因为"见绍无忠君救民之心"，所以抛弃袁绍而改投公孙瓒。这样赵云一出场头上的道德光环就很耀眼，他的理想是"忠君救民"。这和刘、关、张桃园结义时发誓"救困扶危，上报国家，下安黎庶"很接近，为后来赵云投奔刘备埋下了伏笔。

第三，是对赵云的相貌，这样描写："生得身长八尺，浓眉大眼，阔面重颐，威风凛凛。"写他是一个帅哥，一个威武英俊而浑身正气的帅哥。

赵云一出场，就是大帅哥。

（二）赵云的出镜率有多高？

我们看，赵云一出场，就在道德、武功和外貌三方面都很突出，这在对三国武将的描写中是很少见的。此后，他的出镜率一直很高，我没有详细统计，但印象里是超过张、马、黄，好像也超过关羽。如保护刘备去襄阳赴会（第三十四回），诸葛亮借东风后予以接应（第四十九回）等。赵云又最长寿，其他四将死后他还有戏，如诸葛亮南征二擒孟获时写赵云冲杀，"蛮兵大败，生擒者无数"（第八十七回），六出祁山时还有"赵子龙力斩五将"（第九十二回）等华彩乐章。此外，还有"截江夺阿斗"（第六十一回）的忠义、"一身都是胆"的勇略（第七十一回）、劝谏刘备不要伐东吴的明智（第八十一回）、不受诸葛亮赏赐的廉洁（第九十六回）等许多精彩表现。

最让赵云名扬后世的，是大战长坂坡（第四十一回），一个人怀携阿斗而冲锋陷阵，所谓"直透重围，砍倒大旗两面，夺槊三条，前后枪刺剑砍，杀死曹营名将五十余员"，简直就是战神再世，让我们想到《西游记》里孙悟空大闹天宫的那种气概气势。可以说，长坂坡大战是赵云的英雄交响乐，比关羽的过五关斩六将更传奇，更打动读者的心。

出镜率，赵云数第一。

（三）英雄不爱美人

　　赵云体现了智勇双全和道德忠义几种元素的完美结合。他不仅智勇双全，独领风骚，而且占领了道德高地。前面说过赵云不受诸葛亮赏赐的廉洁品格。而真英雄不好色更是一大道德标杆。大约是宋代理学大兴以后，"万恶淫为首"逐渐成为道德律令。在这一点上，赵云也形象高大，比关羽毫不逊色。关羽保护两位嫂嫂在曹营，曹操曾经故意让他们叔嫂共居一室，但关羽夜里秉烛达旦而读《春秋》，让曹操很佩服。而赵云，则有拒绝娶赵范寡嫂的段子（第五十二回），那是赤壁大战后刘备与东吴争夺桂阳的战斗中，桂阳守将赵范投降，想把自己的寡嫂嫁给赵云，而这位寡嫂"有倾国倾城之色"，但赵云却坚决拒绝。后来刘备和诸葛亮都说"此亦美事"，赵云却说了一番大义凛然的话，所谓"天下女子不少，但恐名誉不立，何患无妻子乎"。这个情节加强了赵云的英雄光环，和吕布纳貂蝉、曹操占张绣寡嫂形成鲜明对照。

赵云的武功实际上被读者认为是《三国》武将中最高的，所谓"一吕二赵"，所谓"前三国吕布，后三国赵云"。吕布生于157年，赵云生于169年，赵云比吕布小十二岁。

五虎上将数赵云，智勇忠义美英雄。

赵云是把武艺、勇敢、智谋和道德品质完美地结合在一起的三国第一武将，是一个长得帅的大英雄。

二、帅哥马超

（一）马超的三次亮相不同凡响

马超是西凉太守马腾之子，他于第十回出场，随其父率领西凉军队杀奔长安，要"清君侧"，对象是原董卓部将李催和郭汜。他一出场就英姿勃勃，"一位少年将军，面如冠玉，眼若流星，虎体猿臂，彪腹狼腰，手执长枪，坐骑骏马，从阵中飞出"，脸庞像美玉，眼睛像星星，一张演艺明星的脸，老虎一样健壮的身躯，猿猴一般修长而敏捷的臂膀，彪和狼一样的腰和肚子，也就是细腰塌腹，全是肌肉块，一个体育健将的身材。又说他"年方十七岁，英勇无敌"，一交手就杀了一员敌将，擒获另一员敌将。但西凉兵马很快失败退兵，给人的感觉这一段插曲就是为了推出马超的英雄亮相。

后面有三回以马超为回目的故事，完成了马超的另类虎将形象。"马孟起兴兵雪恨，曹阿瞒割须弃袍"（第五十八回），"许褚裸衣斗马超"（第五十九回），"马超大战葭萌关"（第六十五回）。

第一次重点亮相斗曹操。马腾被曹操杀害，马超统兵报仇，又在阵前通过曹操眼光描画出马超："生得面如傅粉，唇若抹朱，腰细膀宽，声雄力猛，白袍银铠，手执长枪，立马阵前。"（第五十八回）并写曹操心理活动"暗暗称奇"。洁白的脸蛋，红色的嘴唇，细腰，宽肩膀，就是倒八字形身材。难怪连曹操这个敌人都不觉眼睛一亮呢。后面就是突出马超的英勇善战，曹操手下的名将于禁斗了八九个回合就败走，另外一员名将张郃战了二十个回合也败走，第三员将领李通则几个回合就被马超一枪刺死。接着追杀曹操，杀得曹操弃袍割须，狼狈逃窜，几乎被杀。曹操被马超的部队包围，西凉军大喊"穿红袍的是曹操"，吓得曹操赶紧脱了红袍子；西凉军又喊"长髯者是曹操"，曹操吓得又用佩刀割断了胡须；西凉军又喊叫"短髯者是曹操"，吓得曹操扯下战旗包住脖子逃跑。小说特别写一首诗予以赞美："潼关战败望风逃，孟德仓惶脱锦袍。剑割髭髯应丧胆，马超声价盖天高。"内容就是上面说的那些情节，曹操字孟德，他被马超杀得"剑割髭髯""脱锦袍"，吓破了胆。

第二次重点亮相斗许褚。紧接着第五十九回马超和许褚夜战，二人"斗了一百余合，不分胜负"，曹操说"马超不减吕布之勇"，马超说"吾见恶战者莫如许褚，真'虎痴'也"，总之马超与许褚是势均力敌。后面马超中计兵败，但仍然突出了马超的神勇，一人力敌五将"剑光明处，鲜血溅飞"，而曹操传令谁能擒获马超"得首级者，千金赏，万户侯；生获者封大将军"，从侧面渲染马超的武勇对曹操是巨大威胁。顺便说一句，许褚的"褚"应该读"主"不读"楚"。

第三次重点亮相刘备眼中锦马超。"马超大战葭萌关"（第六十五回），又描写马超与张飞大战，日战接上夜战，棋逢敌手，将遇良才，不分胜负。同时，再次通过刘备的眼睛，写马超"狮盔兽带，银甲白袍，一来结束非凡，二者人才出众"，而情不自禁夸赞马超："人言'锦马超'，名不虚传！"很快诸葛亮到来，设计降伏了马超，不久之后马超入

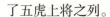

了五虎上将之列。

对马超的描写，出场亮相之后，又先后通过曹操和刘备的眼睛，突出长相的英俊神武，写活写神马超的艺术"秘密武器"是这三幅美男彩描像，还特别设计一个"锦马超"的赞词。"锦"字特别好，人如锦绣一般，那真是又靓又丽。此后对马超不再有正面描写，只偶然提到在西北守关，因为他"积祖西州（凉州）人氏，素得羌人之心，羌人以超为神威天将军"（第八十五回）。后来，通过诸葛亮之口说了一句马超已经病故，就交代了。（第九十一回）

马超出场，眼睛一亮。三幅肖像，靓丽辉煌。

（二）马超是少数民族

从"帅"的角度，马超几乎可以说是三国第一帅哥了，至少也和"人中吕布，马中赤兔"的吕布并驾齐驱。但马超还不同于吕布，就是马超有一部分羌人的少数民族血统，因

而表现出"混血儿"的另类风采。

马超的父亲马腾，小说中说是汉代伏波将军马援的后裔，到汉桓帝时，马超的祖父马肃在天水做县尉，后来流落到陇西，娶羌族女子为妻，生下马腾。（第五十七回）马腾"身长八尺，体貌雄异"，注意"雄异"中的"异"字，就是不同于中原汉民族的另类美，"雄异"是少数民族的野性美。马腾是否又娶羌女为妻，没有交代，至少，马超也有四分之一的羌族血统了。

写曹操见到马超"暗暗称奇"，刘备见到则叹为"锦马超"，羌人都崇拜马超，其实都是在渲染马超作为"混血儿"另类的雄烈壮美，生物学上所谓"杂交优势"。就像 1987 年央视春晚唱《冬天里的一把火》的费翔一出台，让人眼睛一亮。

对马超的描写，始终突出英勇，但缺少谋略。后面"杨阜借兵破马超"（第六十四回），毛宗岗评点说在五虎上将中，关羽、张飞、赵云、黄忠是"大将之才"，而马超则只是"战将之才"。如马超，"杀韦康、屠百姓，不得谓之仁"，"不疑杨阜，不得谓之智"，这一回写马超攻城略地，杀了已经投降的冀州刺史韦康全家四十余口，而对于劝韦康抵抗马超的杨阜，马超却说是"守义"而释放，结果反受其害；"惑于曹操而攻韩遂"，中了曹操的离间计，马超和韩遂的联盟破产；"复归于张鲁而拒玄德"，一度投奔张鲁而与刘备为敌。这些写马超的情节都表明马超的见识差，不如关、张、赵、黄。历史上的马超不一定有勇无谋，但小说是这样刻画的。

赵云和马超谁更帅？这个问题有答案吗？那就看你是喜欢哪一种类型的帅了。是庄重正统的还是新潮另类的？

异样基因，吸引眼睛。

马超是异端美，赵云是正统美，各有千秋。

三、帅哥吕布和关羽

（一）人中吕布，马中赤兔

第一，前三国吕布，武功实际上超过关羽和张飞。吕布在第三回就出现了，当荆州刺史丁原和董卓为废汉少帝立陈留王而发生争执时，作为丁原义子，吕布站在丁原身后当保镖，通过董卓女婿李儒的眼睛写吕布"生得气宇轩昂，威风凛凛，手执方天画戟，怒目而视"。此后李儒设计说反吕布杀丁原而归董卓，吕布又认作董卓的义子。后面三英战吕布，刘、关、张三人联手，才打败了吕布，所谓"这三个围住吕布，转灯儿厮杀。八路人马，都看得呆了"，是脍炙人口的英雄打斗审美图像，但也侧面写出吕布的武艺高于关羽和张飞。后面还有吕布和曹操手下六员大将"六英战吕布"

（第十二回）以及"辕门射戟"（第十六回）等不少段子，总之吕布的武功高强英勇，是独步三国无人可及的。

第二，但写吕布的方法，和写赵云、马超不同。对吕布外貌的描写，采取了"模糊策略"，只是泛泛地写他"气宇轩昂"，而没有具体写眉目体型如何，不像写马超和赵云时那样详细刻画。如这样写："见吕布出阵：头戴三叉束发紫金冠，体挂西川红锦百花袍，身披兽面吞头连环铠，腰系勒甲玲珑狮蛮带；弓箭随身，手持画戟，坐下嘶风赤兔马：果然是'人中吕布，马中赤兔'！"（第五回）描写重点在衣装铠甲，实际上褒贬暗含其中，就是暗示吕布只是个"衣服架子"和"男花瓶"。

第三，写吕布的英勇也有深刻的意思。吕布虽然英武，却有严重的道德缺陷，是个见利忘义之徒，杀丁原，杀董卓，所谓"三姓家奴"，最后被曹操擒获，摇尾乞怜，全无气节，在白门楼死得很难看。《三国志演义》一方面写吕布是一个道德上的"小人"，另一方面又把他写成一个"帅哥"和天下无敌的第一武功高手，突破了"恶则无往不恶，美则无一不美"（脂砚斋评《红楼梦》语）的俗套，审美思想其实是相当深刻的，作为文学形象，吕布是成功的典型。这也是《三国志演义》是文学经典而不是一般通俗小说的一个标志。

人中吕布，马中赤兔。道德缺陷，不掩英武。

（二）戏曲中的吕布

从元杂剧到明清传奇再到京剧等地方戏，都有"三国戏"，在其中吕布更日益成了一个美男帅男多情男的悲剧英雄。尤其是吕布和貂蝉的爱情故事，被大力渲染，让观众向往和同情，完全剔除了《三国志演义》中对吕布道德上的贬低。这是因为戏曲更是一种要求"类型化"的表演艺术。"连环计""辕门射戟""白门楼"……戏曲舞台上的吕布，是集体育健将的健美、影视明星的靓丽、战斗英雄的猛勇、帅哥型男的痴情于一身，而成为社会偶像、大众情人。他好色、好利、贪生怕死等人性弱点，也让芸芸众生感觉更能平视而不需仰视，有一份亲切感。

（三）忠义化身关羽

《三国志演义》对于关羽的描写，丹凤眼，卧蚕眉，髯长二尺，面如重枣也就是大红脸（第五回），更突出的是"武圣人"大义凛然的道德标志。他的"夜读《春秋》""过五关斩六将""华容道放曹操"等情节，都贯穿着"义气千秋"的庄严内涵，所以关羽的雄伟武勇，与道德方面的推崇密切联系在一起。他的美是"美髯公"的崇高美，由汉献帝口中说出，突出阳刚雄正，区别于"奶油小生"或"潮男"，代表的其实是忠义的"善"，区别于纯粹的"美"。男人不坏，女人不爱，大家说内心里真的喜欢关羽吗？至于写张飞、典韦、许褚等，那是"粗豪""蛮野"的类型，相当程度上是"审丑"而不是"审美"了。

忠义英雄，崇而不妩。

四、《三国志演义》"美男"启示录

从《三国志演义》写美男和帅哥的艺术处理方式，以及社会的接受反应和演变，我们可以得出哪些启示呢？

第一，英雄加帅哥，也就是"力"和"美"互相结合，能产生强大的魅力，让人向往和崇拜，是永恒的社会心理需求。美和力，有时候是超越道德、超越"善"的。大众的审美也很微妙，如对关羽和赵云，虽然敬爱但难免觉得有点高不可攀，对吕布和马超，却有亲切感。"善"和"义"，与"美"和"力"之间，对前者高山仰止，对后者则心旌摇动。这就像当下社会"追星"和推崇道德楷模之间的张力一样。

第二，对美和力的追求，是人类对青春的陶醉、留恋和回忆，因而其价值永不衰竭。"青春万岁"是永远不会过时的口号。美是多元化的。既有赵云那样健美、高尚和威武等各种元素完美结合样式的美，也有马超那种奇异、野性的另类样式的美，也有虽然不纯正甚至带有负面因素但仍然具有吸引力的吕布样式的美。关羽的更多道德内涵的崇高，张飞、典韦、许褚那种审丑，同样是美的不同表现形式。一个民族，一个社会，宣传弘扬"道德"和"善"是主旋律，但不能绝对和单一。

第三，《三国志演义》所表现的英雄的阳刚健美，力与美的结合，对当今的审美风尚有参照作用。一个民族的气质，不能缺少了阳刚健美、自豪感和英雄气概甚至某种"野性"。俄罗斯民族这方面特点突出，是一个很自豪的民族。这也是文明发展的悖论，正像现在要把圈养的猛虎野兽放归山林让它们恢复野性一样。梁启超作过一首歌咏陆游的诗，值得回味："诗界千年靡靡风，兵魂销尽国魂空。集中十九从军乐，亘古男儿一放翁。"从这个意义上，《三国志演义》作为文学经典，也有现实意义。

上面讲了武将的魅力，当然《三国志演义》中还写了女性的风采。下一讲就是《三国志演义》的美女之谜：貂蝉和二乔谁更靓？

上一篇谈帅哥，这一篇谈美女。当然，《三国志演义》里写到的女性多种多样，不仅仅是美女，还有才女、义女、烈女、丑女等，都有涉及，以"美女"为标目，是为了"抓眼球"。

一、美女貂蝉的前世今生

（一）美女貂蝉是"间谍"

大家都知道貂蝉，是所谓中国古代四大美女之一。这完全是《三国志演义》的功劳。貂蝉主要出现在"王司徒巧使连环计，董太师大闹凤仪亭"（第八回）和"除暴凶吕布助司徒"（第九回）两个回目中。司徒王允为董卓专权而坐卧不安，深夜还在花园散步，听到貂蝉也长吁短叹。王允以为貂蝉有男女私情，发怒查问，貂蝉回答说见到大人眉头紧锁，一定是为了国事忧心，我蒙大人恩养，教习歌舞，所以愿意为大人分忧，如有用得到我的地方，万死不辞。貂蝉是王允府中的一个歌伎，也就是从小被买来，然后教给歌舞伎艺，为王允家人提供娱乐，类似于《红楼梦》里芳官等小戏子。小说描写"年方二八，色艺俱佳"，二八就是十六岁。王允很喜欢她，"以亲女待之"。王允于是计上心来，定下连环计，把貂蝉认作亲女，先许婚吕布，再献给董卓，让貂蝉充当一个间谍的角色，挑拨董卓和吕布的关系，以除掉董卓。貂蝉主动配合，步步施行，连环计圆满成功，吕布背叛了董卓，并最后杀死了他。

对貂蝉作为"间谍"的描写，小说写得很有分寸。貂蝉不是王允的亲女，而是买来学歌舞的，这样她从小就学会了表演，所以才能如鱼得水般在吕布和董卓两边周旋，把连环计进行到底。初见吕布，貂蝉就"以秋波送情"。王允把她送给董卓后，吕布去窥探，"貂蝉故蹙双眉，做忧愁不乐之态，复以香罗频拭眼泪"，吃饭时吕布侍立在董卓旁边，而貂蝉躲藏在绣帘内"往来观觑，微露半面，以目送情"。董卓生病，貂蝉一方面"衣不解带，曲意逢迎"，另一方面"于床后探半身望布，以手指心，又以手指董卓，挥泪不止"。和吕布后花园私会，貂蝉撒娇撒痴，等到见了董卓，又说吕布调戏她。董卓听了李儒劝告，说要把貂蝉送给吕布，貂蝉拔出墙壁上的宝剑要自刎，真是表演到家了。

（二）貂蝉里的"文化味"

对貂蝉的这种写法，从艺术上说，第一是富有表演性，无论是貂蝉的惺惺作态，还是和吕布的"英雄美人"搭配，都有很强的舞台因子；第二是连环计的谍战意味，情节起伏跌宕，能吸引人，出效果，特别到了戏曲舞台上，格外抓人。从思想上说，这个连环计的故事情节包含了好几种文化传统元素，一是貂蝉的知恩图报的思想，所谓"受人滴水之恩，当涌泉相报"，也就是貂蝉对王允说的报豢养之恩。二是连环计的目的是为国除奸，有政治正确的思想光辉。三是因此貂蝉的行为不仅突破了传统的女子贞洁伦理，反而变成了"舍身（是身体不是生命）取义"的崇高奉献，所以王允要对貂蝉下跪表示感谢。貂蝉的行为实际上还把"士为知己者死（用），女为说（悦）己者容"这样一种重要的文化传统精神中的"死"和"容"两方面都结合起来了。

（三）美人和官场的纠缠

四大美女的另外三个，西施、王昭君、杨玉环，也都是美人和政治两者的紧密结合。我们可以明白一个道理，最能吸引人的，往往是美色爱情和政治风云的二重唱。比如《长生殿》《桃花扇》和《红楼梦》，都是这样。连诗歌也是如此，白居易的《长恨歌》，"渔阳鼙鼓动地来，惊破霓裳羽衣曲""六军不发无奈何，宛转蛾眉马前死"，安史之乱风云突变，唐玄宗逃跑，路上军士哗变，逼死了杨贵妃。吴伟业的《圆圆曲》，"冲冠一怒为红颜"。说吴三桂投降满清打李自成，是因为李自成的部将刘宗敏抢走了吴三桂的爱妾陈圆圆。以上都是政治和爱情互相结合，内涵就丰富，扣动人的心弦，有戏剧性。

（四）历史上真的有貂蝉吗？

貂蝉这个人历史上是否存在过，是一个问号，可以说基本上是《三国志演义》的艺术创造。所谓历史的生活"原型"，是这样的：有一本失传的《汉书通志》，鲁迅《小说旧闻钞》辑得一条佚文，说曹操为了诱惑董卓，献一个叫刁蝉的美女给他。是刁钻古怪的刁和虫字偏旁的蝉。刁和貂、蝉和婵是同音字，古代文本经常出现这种情况。而《三国志·魏书·吕布传》中说吕布和董卓的一个侍婢私通，害怕董卓发觉，心里有点惴惴不安，是否后来被发觉，也没有说。清朝的梁章钜在《归田琐记》中就说："貂蝉事，隐据吕布传。"《汉书通志》里的刁蝉、《三国志·魏书·吕布传》里董卓的侍婢，两者合起来，就成了后来平话小说和戏曲里的貂蝉了。

元杂剧《锦云堂美女连环计》和早期的话本小说《三国志平话》里面已经有了王允献貂蝉的情节，而其中吕布和貂蝉本是夫妻。这里面都是"貂蝉"，"貂"是狗尾续貂的"貂"，但"蝉"是虫字偏旁的蝉而不是女字偏旁的婵。"貂蝉"本来是汉朝初年兴起的一种武官的帽子："附蝉为文，貂尾为饰，谓之赵惠文冠。"帽子上面用蝉和貂尾做装饰。后来"貂蝉"成了官职名称，类似于为帝王作起居注的书记官。《三国志演义》是综合了野史、杂剧、平话等许多传说，创造出精彩的形象和故事。

（五）《三国志演义》中貂蝉的结局

董卓死了，王允也死了，貂蝉跟了吕布，也算英雄美人很般配。《三国志演义》第十九回还写，吕布被包围，心情烦躁，和两个妻妾饮酒，其中一个就是貂蝉。但白门楼吕布死后，貂蝉的最后结局，《三国志演义》没有写，应该是归了曹操了。毛宗岗评点说："吕布去后，貂蝉竟不知下落，何也？曰：功成者身退，神龙见首不见尾。正妙在不知下落。"不过明清的一些戏曲，则演绎后来貂蝉又迷惑关羽，被关羽杀掉。这就是文学经典和通俗文学的区别。文学经典要留空白，意在言外，让读者想象和琢磨；通俗文学则要把一切都交代清楚，宣传一些当时流行的观念，对读者进行道德说教，比如关羽杀貂蝉就是"女色祸水"流行观念的反映。

其实根据《三国志》裴松之注的记载，关羽并不是坐怀不乱的人，曹操和刘备围攻吕布于下邳，关羽在攻城前向曹操要求，打下城池后吕布手下秦宜禄的妻子要归自己。曹操本来答应了，但城破后看见那个女人美丽，就违背承诺占为己有了。《三国志》另外一条注引《魏氏春秋》，说关羽想要的是秦宜禄的前妻，姓杜。关羽最后离开曹操而投奔刘备其实和这件事有很大关系。英雄都很好色啊，这才是真实的历史。当代小说家红柯写的小说《阿斗》里面也写关羽杀了貂蝉，不过表现的是现代人的一些审美理念。

四大美女说貂蝉，美人官场很纠缠。

二、二乔和甄氏的故事

（一）铜雀春深锁二乔

《三国志演义》中的貂蝉，基本上是个虚构的文学人物，真正的三国时的大美女，是大乔和小乔，大乔嫁给了孙策，小乔嫁给了周瑜，也是典型的英雄美人好搭档。大乔和小乔，古代的诗歌等歌咏很多，如著名的"小乔初嫁了，雄姿英发"（苏轼《念奴娇》），"东风不与周郎便，铜雀春深锁二乔"（杜牧《赤壁》）等。不过《三国志演义》里对二乔没有具体描写，而是用一种游戏笔墨，说"孔明用智激周瑜"（第四十四回），装作不知道小乔是周瑜的妻子，说曹操打东吴，是为了得到大乔和小乔，周瑜不如找到二乔送给曹操，"操得二女，称心满意，必班师矣"，让周瑜大怒，下定了和刘备联合抗曹的决心。

野史确有记载曹操说过渴望得到二乔的话，如前面引出的杜牧的诗句，《三国志演义》再加以小说化。诸葛亮说二乔"有沉鱼落雁之容，闭月羞花之貌"，这种描写后来有点俗套，但在《三国志演义》的时代，那也是很流行很时髦的赞颂美女的最高级形容话语。二乔的命运其实也很不幸福，孙策二十六岁就死了，周瑜也三十六岁而死，由于家世门第的限制，大概大乔和小乔都只能守节终老。

（二）甄氏的来历和演义

还有一个历史上知名的美女，就是"曹丕趁乱纳甄氏"（第三十三回）中的甄氏，本来是袁绍次子袁熙的妻子（侧室）。曹操打败袁绍，曹丕闯入袁绍府邸，看见一个女子蓬头垢面，用衫袖揩拭以后，却发现"玉肌花貌，有倾国之色"，于是占为己有，曹操也高兴地说："真吾儿妇也。"这位甄氏生下曹睿，曹丕死后继位为明帝，但甄氏本人，在曹丕生前已被赐死，是曹睿后来追赠为皇后。因为曹丕后来又娶了一个姓郭的女子当贵妃，郭妃争宠，诬陷甄氏，又是一出"甄嬛传"。（第九十一回）

不过甄氏的美女之名，更因为后人又附会说曹植的《洛神赋》中所写洛水女神，就是指的这位甄氏，让她又成了曹丕和曹植兄弟互相争夺的尤物，更大大增加了甄氏的知名度。

因甄氏而受累者还有两个著名文人，就是"建安七子"中的孔融和刘桢。《三国志演义》第四十回，曹操杀了孔子第二十世孙孔融。孔融被杀，当然主要是政治原因，但《后汉书》里的一段记载也耐人寻味："初，曹操攻屠邺城，袁氏妇子多见侵略，而操子丕私纳袁熙妻甄氏。融乃与操书，称'武王伐纣，以妲己赐周公'。操不悟，后问出何经典。对曰：'以今度之，想当然耳。'"公然拿曹丕纳甄氏的事情调侃曹家父子，能不招祸吗？

刘桢的事情则更让人感叹。《三国志》卷二十一王粲传附刘桢传，裴松之注引《典略》："太子尝请诸文学，酣酒坐欢，命夫人甄氏出拜。坐中众人咸伏，而桢独平视。太祖闻之，乃收桢，减死输作。"曹丕自己让甄氏出来见大家，其他人不敢正面看这个美人，刘桢"平视"了一下，就被曹操逮捕判死刑，因大家劝谏，才改为发配流放。后来蒲松龄在《聊斋志异》中写了一篇《甄后》，说甄氏、刘桢转世后结为夫妻，曹操则成了一条恶狗，只能看着嗥叫。

此外具有"倾国倾城"容貌的美女，还有桂阳守将赵范企图嫁给赵云而被拒绝的寡嫂，曹操抢来春风一度的张绣寡婶等，都是属于简略提到的情节性人物。

三、《三国志演义》中的后妃们

（一）汉朝、魏国的后妃

《三国志演义》的主角是帝王将相，也写了不少后妃和准后妃。一开篇，就是汉灵帝的母亲董太后和灵帝的妻子何皇后在灵帝死后斗法，媳妇杀了婆婆，但自己也很快被董卓所杀。何皇后的儿子少帝只当了几个月皇帝，也同母亲一起被逼死。小说中还写少帝的唐妃也被杀，不过这一点不是历史真实，唐妃并没有死，后来被汉献帝迎回宫中养了起来。后面有汉献帝的伏皇后和董贵妃，先后被曹操所杀（第二十四回杀董妃，第六十六回杀伏后）。

而曹操家的后代，前边提到曹丕的甄后被郭妃陷害而死，而曹睿也宠爱另一个姓郭的女人，结发的毛皇后失宠被赐死，立郭夫人为皇后。（第一百零五回）毛宗岗评点说，曹丕杀甄皇后于前，就有曹睿杀毛皇后于后，意思是这也算子承父风。所谓："有曹丕之杀甄后以作于前，乃有曹睿之杀毛后以效于后矣。"曹睿三十六岁死去，曹芳继位，据说曹芳是养子，郭皇后为太后。很快"魏主政归司马氏"（第一百零七回），司马懿发动高平陵之变，杀死曹爽，后来连曹芳也废掉，曹芳的张皇后被司马师缢死。郭太后又立了曹髦，不久曹髦再被司马昭所杀，又立了曹奂，就是很快要禅位给司马昭的最后一位魏国皇帝了。在曹芳、曹髦、曹奂时期，郭太后也成了司马氏的笼中之鸟，连打仗，都被逼着一起随军出征。

此外第三十二回还写到袁绍的妻子刘氏，是"妒恶"之人，袁绍死后，刘氏把袁绍的宠妾五人都杀死，还怕其阴魂不散，刺面毁尸。还有刘表的妻子蔡夫人，有"隔屏听密语"（第三十四回）和"议献荆州"（第四十回）的专门故事，小说中写蔡夫人和儿子刘琮都被曹操派人杀死（第四十一回）。不过，真实历史上的刘氏或蔡氏，其实都没有被杀。刘氏是由于儿媳甄氏成了曹丕的妻子而得以保全，而曹操也并没有杀刘琮，而是让他担任青州刺史，封列侯。

（二）东吴的后妃

东吴方面，孙权在时，尚称稳定，写到他的庶母吴国太，是孙权生母吴太后的妹妹，所以也是孙权的姨母。吴国太是甘露寺招亲的主角，孙夫人是她所生，也就是说孙夫人和孙权是同父异母。但《三国志》并没有提到吴国太，《三国志演义》把她写成一个溺爱女儿的中国传统老太太，是不错的文学作业，其实也是借她写周瑜和诸葛亮。后来的戏曲演义，更使得刘备与孙夫人的"龙凤呈祥"成为影响巨大的英雄美人传奇，而吴国太，也成了一个风头十足的文学艺术形象。

孙权死后，三子孙亮继位，但不久被推翻，孙权第六子孙休继位。孙休死后，原孙权废太子孙和的儿子孙皓继位，逼死了孙休的皇后朱太后。不过这已经是最后一回的情节，读者一般都草草看过，不会有印象。

（三）刘备父子的后妃

刘备的妻妾，《三国志演义》中前后一共写了四个。早期是甘夫人和糜夫人，后来是孙权的妹妹，最后是吴皇后。甘夫人和糜夫人，因为有关羽千里走单骑护送二嫂以及长坂坡赵云救阿斗的段子，所以读者都比较熟悉。特别是糜夫人在长坂坡为了不连累赵云，投井自杀，而成了烈女，而且阿斗并不是她所生，是甘夫人所生，就更显得崇高了。这也都是《三国志演义》的文学创作，事实上糜夫人早在长坂坡之前就死了。而甘、糜二夫人也并不是刘备的原配，原来刘备是个克老婆的命，曾经结过好几次婚，但都"数丧嫡室"，都被刘备给克死了。甘夫人原本是姜，因为生了阿斗，在刘备死后才被诸葛亮追尊为皇后与刘备合葬。而糜夫人，是在吕布袭击下邳时，俘虏了刘备的妻子，刘备手下的糜竺看到刘备身边没有了女人太难过，就把自己的妹妹进献给刘备，也没有名分。

后来孙、刘两家政治联姻，孙权把妹妹嫁给了刘备，就是小说中写得很生动的孙夫人。但孙夫人不久就离开刘备返回东吴，所以第七十七回到了四川后，刘备和当地一个吴寡妇结婚，也是为了笼络四川的本土势力。这个吴寡妇也就成了王妃、皇后，给刘备生了两个儿子。《三国志·蜀书》里只有两篇皇后传，一篇是追封的甘后传，另一篇就是吴后传。

后主刘禅的两个皇后都是张飞的女儿。长女在刘禅尚为太子时已经是太子妃，但在建兴十五年（237）死去，谥敬哀皇后，同年其妹被刘禅纳为贵人，次年成为皇后。第一百一十五回描写，刘后主爱上了一个臣下刘琰的妻子胡氏，胡氏进宫朝见皇后，被留在宫中一个月才回家。刘琰怀疑，让五百个士兵拿鞋子打胡氏的脸，刘禅知道了后大怒，杀了刘琰。这个被打肿了脸的胡氏不知道是否就归了刘禅了。后来刘禅做了晋的俘虏，被迁移到北方，他的后妃自然也就跟着他去过亡国奴"此间乐，不思蜀"的日子了。

（四）孙夫人的故事

无论魏、蜀、吴，后妃们的故事都没有被展开描写，大多是几笔交代就过去了。占了篇幅，能给读者留下鲜明印象的，还就是孙权的妹妹孙夫人。第七回介绍孙坚的妻妾子女，说吴夫人生四子，包括孙策和孙权，次妻吴夫人之妹生一子一女，女名孙仁，这个孙仁就是后来嫁给刘备的孙夫人。不过据专家考证，孙仁其实是孙夫人同母兄孙朗的别名，古代女子能留下名字的不多，就发生了这种情况。元杂剧里孙夫人叫孙安，再往后的戏曲演绎"龙凤呈祥"，就给孙夫人起了个风流旖旎的名字，叫孙尚香。

孙夫人在"吴国太佛寺看新郎，刘皇叔洞房续佳偶"（第五十四回）和"玄德智激孙夫人，孔明二气周公瑾"（第五十五回）中得到生动的描写。周瑜定美人计，本来并不是真的要把孙夫人嫁给刘备，而是想把刘备骗来扣留，以要回荆州。但诸葛亮计高一筹，让刘备到东吴后拜访乔国老，大肆炒作婚事，结果惊动了吴国太，甘露寺相亲，弄假成真，刘备真的成了东吴的女婿。后面刘备又"智激孙夫人"，仗着孙夫人的威风离开了东吴，回到了荆州，而挫败了周瑜的计谋，"周郎妙计安天下，赔了夫人又折兵"。

这些纯粹是文学演义，但演义得好，核心还是英雄美人加政治游戏的两个要素相结合。乔国老、吴国太、孙夫人、孙权、刘备、周瑜、诸葛亮，都在这些故事中栩栩如生。"甘露寺"成了一出经久不衰而广受欢迎的热闹戏曲。

当然历史的真实情况，是孙权为了巩固和刘备的政治联盟共同抗曹，主动"进妹"，刘备也是从政治上考虑而接受的，是典型的政治婚姻。当时刘备四十九岁，孙夫人只有二十岁左右。《三国志》里面记载，孙夫人确实强势，"才捷刚猛，有诸兄之风"，身边有侍婢一百多，个个拿刀佩剑，以至于刘备进洞房时"心常凛凛"，"惧孙夫人变生于肘腋之下"，也就是害怕孙夫人发动政变，杀掉自己。所以孙夫人和刘备在一起的时间并不长，刘备刚去四川不久，孙夫人还在荆州，但很快就返回东吴了，从此再没有回来。不过"赵云截江夺阿斗"的故事确实发生过,《三国志》记载孙权"大遣舟船迎妹而夫人欲将后主还吴",赵云和张飞"勒兵截江,乃得后主还"。这和《三国志演义》的描写差不多。孙权派船接孙夫人回东吴,孙夫人想把年幼的阿斗也带走。赵云和张飞知道了,坐战船拦截,把阿斗抢了回来。

《三国志演义》中孙夫人的结局虽然是文学虚构,却影响深远。

即第八十四回,孙、刘大战,陆逊火烧连营,刘备大败,小说穿插了一段孙夫人的结局,说讹传刘备已经死在军中,在吴国的孙夫人听说后"驱车至江边,投江而死",后人立了庙,叫枭姬祠。因为刘备号为枭雄,所以孙夫人号枭姬。这还是古代推崇节烈观念的演绎,来源是元代人的野史笔记。清朝诗人黄仲则有诗句说:"终古湘灵有祠庙,流传真伪更难论。"用舜的两个妃子娥皇和女英投到湘江而死后成女神湘灵的典故,比喻孙夫人跳江的传说,说真真假假,都是演义。明代大才子徐渭写的一副对联也不错："思亲泪落吴江冷，望帝魂归蜀道难。"说孙夫人在东吴流泪，想念死去的刘备，而刘备在四川的鬼魂，隔着难于上青天的蜀道，也不能与孙夫人相会。

龙凤乐呈祥，历史靠文章。

看《三国志演义》所写的后妃们，我们只能发出一句"红颜薄命"的叹息。正像《红楼梦》里薛宝琴的怀古诗里歌咏王昭君所感叹的：红颜命薄古今同。

四、《三国志演义》中所写到的义女、烈女、才女和丑女

（一）三位烈女和义女

第三十八回写到一位烈女徐氏。孙权的弟弟孙翊做丹阳

太守，他"性刚好酒"，醉后就鞭打士兵，结果被手下杀死。但另外一个叛将却贪图孙翊妻子徐氏的美色，说你要顺从了我，我替你丈夫报仇。徐氏假装答应，说要等两天"设祭除服"也就是除去丧服后再和你成亲，然后密召心腹旧将，让他们派人迅速去报告孙权求援，另一方面让这两个旧将藏在密室之内。自己"沐浴薰香，浓妆艳裹，言笑自若"，洗了澡，喷上香水，打扮得花枝招展，又说又笑，请叛将来喝酒，等他喝醉了，邀请他去密室，埋伏的两个旧将就把叛将杀了。徐氏如法炮制，又杀了另外一个叛将。这时候孙权领兵到了，徐氏"重穿孝服"，拿叛将的头颅祭祀死去的丈夫。小说写徐氏"美而慧，极善卜《周易》"，不但长得很漂亮，还有文化，懂《周易》，能算卦，出事的那一天本来已经有预感，劝丈夫不要出去会客，孙翊不听，才遭杀身之祸。

第一百零七回写到两位奇女子辛宪英和夏侯令女。曹魏

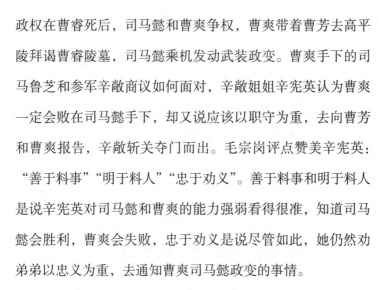

政权在曹睿死后，司马懿和曹爽争权，曹爽带着曹芳去高平陵拜谒曹睿陵墓，司马懿乘机发动武装政变。曹爽手下的司马鲁芝和参军辛敞商议如何面对，辛敞姐姐辛宪英认为曹爽一定会败在司马懿手下，却又说应该以职守为重，去向曹芳和曹爽报告，辛敞斩关夺门而出。毛宗岗评点赞美辛宪英："善于料事""明于料人""忠于劝义"。善于料事和明于料人是说辛宪英对司马懿和曹爽的能力强弱看得很准，知道司马懿会胜利，曹爽会失败，忠于劝义是说尽管如此，她仍然劝弟弟以忠义为重，去通知曹爽司马懿政变的事情。

而曹爽的叔伯兄弟曹文叔的妻子姓夏侯名令女，早已守寡在家，曹爽集团失败，她的父亲想把女儿改嫁以避免受牵连，夏侯令女却"截耳自誓"，割掉自己的耳朵表示不肯改嫁的决心，后来父亲又让她出嫁，她又"断鼻"，割掉了自己的鼻子，说讲仁义的人不因为盛衰的变化就改变志节，也不因为自己忠于的对象死了就改变心肠，所谓"仁者不以盛衰改节，义者不以存亡易心"。司马懿听说后，也很感动，没有加害于这个女子，而是听任她领养儿子，为曹氏宗族延续宗脉。毛宗岗评点说，辛宪英教导自己的弟弟要遵守义，夏侯令女拒绝父亲让自己改嫁失节，没有想到同一个时期竟然有两个奇特的女子。所谓："辛宪英教弟以义，夏侯女辞父以节，同时乃有两个奇女子。"

巾帼自有肝胆，谁说女不如男？

（二）徐庶母亲、王经母亲和姜叙母亲

《三国志演义》还写到了三位大义凛然的母亲。一位是第三十六回、三十七回中徐庶的母亲。徐庶投奔刘备，曹操逼迫她写信召徐庶回来，徐母却说刘备是英雄，曹操是汉贼，大骂曹操。曹操要杀徐母，谋士程昱说徐母就是想让你杀了她，从而坚定徐庶助刘反曹的决心。于是程昱假装是徐庶的朋友，和徐母来往，骗得徐母书信手迹，伪造徐母家书把徐庶骗回来。徐母见徐庶回来，骂儿子愚蠢，自己上吊自杀了。

另一个是第一百一十四回中魏国王经的母亲。小皇帝曹髦不堪司马昭专权凌辱，率领宫中三百多个老卫兵去攻打司马昭，曹髦手下的大臣王经虽然明知曹髦此举是羊入虎口，并大哭着进谏，却不肯背叛曹髦而去投奔司马昭。曹髦被杀，司马昭派人来抓王经，把王经的母亲也捆绑起来。王经哭着对母亲说不孝子连累了母亲，王母却说人谁不死呢？只怕死得不正当，现在这样被杀，正是死得其所，和儿子一起"含笑受刑"而死。毛宗岗评点说徐庶的母亲让她的儿子忠于汉朝，王经的母亲高兴自己的儿子忠于魏国，两位母亲都鼓励忠诚，可以并列。所谓："可与徐庶之母并传。庶母欲其子之忠汉，经母喜其子之忠魏，同一意也。"

不过徐庶母亲的事情是文学创作，实际上曹操南征，刘备和诸葛亮、徐庶南逃，乱军中徐母被俘，徐庶就告别刘备，去了曹营。

　　《三国志演义》中还有一个老太太，第六十四回姜叙的母亲，也是杨阜的姑母。姜叙是历城守将，这时杨阜假装归顺马超，以回家葬妻的借口来到历城，告诉姑母说姜叙"无讨贼之心"，也就是不愿意去打马超。姜叙的母亲就责备姜叙，并说你如果不帮助杨阜去打马超，我就先自杀。后来杨阜和姜叙杀了马超的一家，而马超攻破了历城，屠城，杀了姜母，而"母全无惧色，指马超而大骂"。这一回还写了姜叙手下的一个将领赵昂，对妻子王氏说我们的儿子在马超手下，我们如果跟着姜叙去打马超，只怕儿子会被马超杀了。王氏却"厉声"说，为国为君效忠，哪里能舍不得儿子？你要是顾念儿子而不去，我就先自杀。并且把自己的首饰家资拿出来去犒劳将兵，鼓舞士气，王氏就留在军队里。因此后来马超攻破历城屠杀，没有杀得着王氏。

　　像《三国志演义》中所写的徐母、姜母和王母，以及赵妻王氏，体现了儒家的节义伦理，也真实地存在于历史中。如东汉末年范滂的母亲，范滂反对宦官而被杀，被捕前和母亲告别，母亲说你为正义而死，死应无恨，人不能又想得美名，又想荣华长寿。苏轼小时候读到这一段，对母亲说，将来我长大了学习范滂，母亲同意吗？苏轼的母亲回答说，你能做范滂，难道我不能做范滂的母亲吗？宋朝"岳母刺字"中岳飞的母亲，杨家将故事里的佘太君，都是这样的母亲。这也是关系到一个民族精神气质的文化传统问题。

慈母手中线，烈母心中铁。

（三）蔡文姬和孔明的妻子黄氏

《三国志演义》还写了才女蔡文姬，就是因哭董卓而被王允杀了的蔡邕的女儿，被匈奴掳去，曹操赎回来嫁给董祀。蔡文姬写的《悲愤诗》，还有传说是她写的《胡笳十八拍》，都是很有名的文学作品。据说她还继承父亲遗志续写了《后汉书》。第七十一回写曹操路过蔡家住地，顺便写到蔡文姬，引出了著名的"绝妙好辞"谜语，也是有名的段子。而另一位才女是诸葛亮的妻子黄氏，据说她的才学超过诸葛亮，诸葛亮的有些谋略本事还是她教的。不过她虽然有才，却长得丑陋。第三十七回刘备二顾茅庐时，遇到了诸葛亮的岳父黄承彦，罗贯中原本有小字注解，说黄承彦是河南名士，见到诸葛亮后很欣赏他，就对诸葛亮说，我有个女儿长得丑，黄头发黑皮肤，但很有才，配得上你，你愿意娶她吗？诸葛亮听了以后很高兴地答应了。当时人们还编了顺口溜嘲笑诸葛亮："莫学孔明择妇，正得阿承丑女。"说不要学孔明选老婆，却要了个黄承彦的丑女儿。

　　不知道诸葛亮的儿女长得像父亲还是像母亲？

五、《三国志演义》给女性的启示录

《三国志演义》虽然是以写王侯枭雄武将谋臣等男性为主，但也写了不少女性。那么这些女性的故事能让我们有什么感受和得到什么启发呢？

第一，总体上说，三国时期的女性是很不幸的，特别是那些参与政治的后妃，她们大多数成了历史和制度的牺牲品。但即使在那么残酷的时代条件下，许多女性都表现出让人赞叹的聪明才智和气节品德，为中华文明优秀传统的形成做出了贡献。

第二，对美女的描写，《三国志演义》表现出一种倾向性，就是对沉溺女色可能带来的危害表现出高度的警惕。这是传统文化的一个特点，其中正负两方面的张力都值得当代中国人反思。

第三,《三国志演义》写到女性，基本上采取一种"速写"的手法，用小故事表现人物，简练而不失生动。

诸葛亮选择了一个貌丑但有才的女子为妻，周瑜则娶了一个绝代佳丽。仔细想一想，他们的不同选择也很有意思。人生其实就是由一次又一次选择构成的。各种选择中有一种选择特别重要，那是什么呢？是"知遇"。知遇之感在什么时候最突出迫切？请听下一讲:《三国志演义》的"分合之韵"：历史的尴尬和困局。

《三国志演义》开头，在"滚滚长久东逝水"那阕《临江仙》词之后，紧接着是这样两句话："话说天下大势，分久必合，合久必分。"后面就概括："周末七国分争，并入于秦；及秦灭之后，楚、汉分争，又并入于汉；汉朝自高祖斩白蛇而起义，一统天下，后来光武中兴，传至献帝，遂分为三国。推其治乱之由，殆始于桓、灵二帝。"这几段话和《临江仙》词一样，并不是罗贯中《三国志通俗演义》原有，而是毛纶、毛宗岗父子加上的。

实在加得好！一下子就把小说的境界提升了，"通俗"的小说就变得高屋建瓴了，有诗境了，有哲学境了。从此，"话说天下大势，分久必合，合久必分"就成了几乎所有"历史演义"小说的习惯性话头，甚至成了一种中华民族集体认同的"普世价值"的"历史观"了。

我们就讲一讲这个"分合"之韵。

一、为什么会有"分合"

上面那段话从周朝末年说起，八百年的周王朝，到了"周末"——周朝末年，就发生了"七国分争"——也就是从春秋周天子统率八百诸侯的一统天下到战国七雄各自为政的分裂战争；最后"并入于秦"——秦始皇统一了中国；然而秦王朝二世而亡，楚、汉分争——项羽和刘邦争夺天下；最后刘邦灭了项羽，建立了四百年的汉朝；但当中又发生过王莽篡权等动乱分裂，最后是刘秀重新统一了汉朝——就是所谓"光武中兴"。所以汉朝分为西汉和东汉两个阶段。东汉到了汉桓帝和汉灵帝时，又开始动乱分裂了，所谓"传至献帝，遂分为三国"。

"合"而"分"，再"合"，再分，再合，再分……为什么会有这种周期性的"合"与"分"？

"推其治乱之由，殆始于桓、灵二帝"，原来根源就在皇帝身上。皇帝好而且能力强，天下就安定统一，就"合"；皇帝不好或能力弱，天下就走向动乱，就"分"——要重新洗牌，换皇帝。

从"合"到"分"的过程是动乱，是天下大乱、群雄逐鹿，希望重新"合"——但每一个"雄"的目标都不是要恢复原来的王朝，而是想要自己当皇帝，开创新王朝，这就是所谓"秦失其鹿，天下共逐之"（《史记·淮阴侯列传》）。也就是说，"分"——乱的形势，为各路"雄"——枭雄、奸雄、英雄提供了施展"雄才大略"的大舞台。但不幸的是，这同时也给天下的老百姓造成了长期而巨大的灾难。但既然是"天下大势"，那就是无法避免的规律和法则，只能"识时务者为俊杰，通机变者为英豪"（《晏子春秋·霸业因时而生》）或"知其不可奈何而安之若命"（《庄子·人间世》）。

展现"分合"大舞台上各路"人才"各显其能的表演而审美，为其精彩表现而陶醉鼓舞，这是《三国志演义》的基本叙事立场，也可以说是"前现代"的审美接受。它的前提是默认导致"分合"的社会政治制度，因为那是"天下大势"，也就是无可抗拒的历史发展规律。

但到了"现代"和"后现代"，则不再把"分合"当作一种前定的命运而予以无条件的认可，却要思考如何能避免"分合"大势的循环出现。既然"分合"演变的根本原因在皇帝，因而皇帝的合法性就应该受到质疑，引申下去，就要追究君主专制制度的合法性。结论是：只要君主专制制度不改变，"分合"的悲剧循环就不可能从根本上避免。于是反思"家天下"的不合理而分析批判中国传统社会意识形态，进一步追求改变传统，实现现代民主和法治制度。

《三国志演义》是"前现代"的小说，当然不能超越时代，用"现代"和"后现代"的意识形态来要求它。其实，它已经达到了其产生时代所能企及的思想精神高度。就是，一方面，它对由"分"到"合"大舞台上的英雄豪杰们的生动表演赞美不已；另一方面，又对无法超越"分合"规律感到无奈而悲哀，因而流露出虚无主义情绪。早在刘备三顾茅庐时，水镜先生就感叹诸葛亮"虽得其主，不得其时"，预言了其"出师未捷身先死，长使英雄泪满襟"的悲剧结局。魏、蜀、吴的"分"最后"合"了，却是"三国归晋"了，魏、蜀、吴三国的英雄豪杰们其实都被历史否定了。

《三国志演义》第一百二十回是以一首长长的古风结束小说的，从"高祖提剑入咸阳，炎炎红日升扶桑；光武龙兴成大统，金乌飞上天中央"之西汉、东汉的"合"开始，到"哀哉献帝绍海宇，红轮西坠咸池傍"的"分"，再次回顾了

"分"过程中的风云变幻，再到"三国归晋"的"合"。最后则落足到"纷纷世事无穷尽，天数茫茫不可逃；鼎足三分已成梦，后人凭吊空牢骚"。毛纶、毛宗岗父子把罗贯中原本最后一句"一统乾坤归晋朝"改成"后人凭吊空牢骚"，并且在第一回加上了《临江仙》词，就构成了更强烈的首尾呼应："滚滚长江东逝水，浪花淘尽英雄。是非成败转头空……古今多少事，都付笑谈中。"

在"分合"的历史循环过程中，那些"有志图王者"纷纷登台，演出威武雄壮的活剧。这就是所谓战争与人才母题的展开。曹操、刘备、孙策、孙权、诸葛亮、周瑜、司马懿、关羽、张飞、赵云、马超、黄忠……成为时代的主角，也就是小说的主人公。他们的表现作为，是"分合"之韵的最强音，也是艺术魅力的聚焦所在。虽然"终极意义"是"是非成败转头空"，是"浪花淘尽英雄"，是"鼎足三分已成梦"。"英雄"与"虚无"二者结合，才有了精神与思想的深度，而出色的文学写作，更成就了审美的高度。

二、"分合"中的皇帝

在皇权专制制度下，由于皇帝的权力至高无上，不受制约，所以皇帝的好坏就成了天下分与合的关键。但在分与合的过程中，皇帝的命运却变得非常不幸和可怜，形成了一种皇权的二律背反。这在《三国志演义》中得到了充分的表现。

皇帝无道昏庸，导致朝政混乱，接着就是天下乱象丛生，具体到《三国志演义》里，就是发生了黄巾起义和军阀割据。再下来，就是皇帝逐步失去权威，成了各路军阀争夺和挟持的对象。所谓"挟天子以令诸侯"是很有意思的一句话。"挟"本来是扶助的意思，却逐渐演变成了挟持的意思。天子——皇帝，仍然是"令诸侯"的一块招牌，说明大家还都认同皇权的至高无上，但天子实际上已经不再具有真正的权威，而成为一块招牌。能够"挟天子"的权臣成了实际的主宰，不过他还离不开"天子"的招牌，说明他的权威还没有达到能够自己当皇帝的程度，火候还不到。当他有朝一日完全不需要那块招牌的时候，也就是"分合"进程有了一个飞跃性发展的时候。而在这个"分合"的过程中，被当作招牌的皇帝落到了极为可悲的情境之中。

从第二回汉灵帝去世开始，皇帝就落入了新的处境，即只充当招牌的处境。汉少帝在外戚和宦官争夺权力的较量中被扶上帝位，只是扮演一个纯粹的傀儡角色，皇帝本人则没有丝毫权威可言。在何太后、董太后、何进、十常侍、袁绍、董卓等外戚、阉竖和权臣争夺控制权的斗争中，少帝本人基本上连提都没有被提到。何进被十常侍所杀，袁绍杀十常侍，少帝和陈留王被张让等劫持，终于落到这样的处境中："帝与陈留王未知虚实，不敢高声，伏于河边乱草之内。……帝与王伏于四更，露水又下，腹中饥馁，相抱而哭；

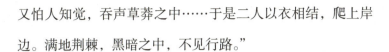

又怕人知觉，吞声草莽之中……于是二人以衣相结，爬上岸边。满地荆棘，黑暗之中，不见行路。"

到了第四回，少帝已经面临被董卓废黜的命运："李儒读策毕，卓叱左右扶帝后下殿，解其玺绶，北面长跪，称臣听命。又呼太后去服候敕。帝后皆号哭，群臣无不悲惨。"被废黜的皇帝，"困于永安宫中，衣服饮食，渐渐少缺，少帝泪不曾干"。不久，就被董卓所杀："儒大怒，双手扯住太后，直撺下楼；叱武士绞死唐妃；以鸩酒杀少帝，还报董卓。"这位可怜的汉少帝，从继位到被杀，只有一年多时间。

继少帝当了皇帝的汉献帝呢？献帝就是那个曾经和少帝同伏草丛中避难的陈留王，他比少帝年龄小却更有胆量和智慧，显得聪明能干，小说曾描写他在逃难过程中的突出表现。但献帝仍然只能充当权臣的招牌。他先后被董卓、李傕和郭汜、曹操所挟持，当了二十一年的傀儡，这种名为至高无上实为寄人篱下的皇帝生涯其实无异于当俘虏。

第八回：（董卓）自此愈加骄横，自号为尚父，出入僭天子仪仗。

第十回：且说李傕、郭汜既掌大权，残虐百姓；密遣心腹侍帝左右，观其动静。献帝此时举动荆棘。朝廷官员，并由二贼升降。

第六十六回：是日，帝在殿外，见郗虑引三百甲兵直入。帝问曰："何事？"虑曰："奉魏公命，收皇后玺。"帝知事泄，心胆俱碎。……后哭谓帝曰："不能复相活耶？"帝曰："我命亦不知在何时也！"甲士拥后而去，帝捶胸大恸。

第八十回：至期，献帝请魏王曹丕登坛受禅，坛下集大小官僚四百余员，御林虎贲禁军三十余万，帝亲捧玉玺奉曹丕。……华歆按剑指帝，厉声而言曰："立一帝，废一帝，古之常道！今上仁慈，不忍加害，封汝为山阳公。今日便行，非宣召不许入朝！"献帝含泪拜谢，上马而去。

有趣的是，华歆所言，竟把废立皇帝说成"古之常道"，

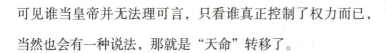

可见谁当皇帝并无法理可言，只看谁真正控制了权力而已，当然也会有一种说法，那就是"天命"转移了。

这种"天命"的转移在晋代魏时又一次重演，《三国志演义》名为："再受禅依样画葫芦"（第一百一十九回）：贾充、裴秀列于左右，执剑，令曹奂再拜伏地听命。充曰："自汉建安二十五年，魏受汉禅，已经四十五年矣；今天禄永终，天命在晋。司马氏功德弥隆，极天际地，可即皇帝正位，以绍魏统。封汝为陈留王，出就金墉城居止；当时起程，非宣诏不许入京。"奂泣谢而去。

这里值得注意的是，魏废帝被晋帝封为陈留王，正是当年汉献帝未当皇帝时的封号，这显然带有一种侮辱嘲弄意味。小说中以"后人有诗叹曰"调侃："晋国规模如魏王，陈留踪迹似山阳。重行受禅台前事，回首当年止自伤。"在晋代魏之前，已经有两个魏帝遭遇不幸。第一个是曹芳，第一百零九回被司马师所废，其情景与曹操杀董承、伏后时如出一辙。所谓："当年伏后出宫门，跣足哀号别至尊。司马今朝依此例，天教还报在儿孙。"另一个是曹髦，第一百一十四回自带宿卫兵卒三百余人攻打司马昭，反而被杀身死。皇帝只能指挥动三百多人，其权威的名存实亡也就可想而知了。

吴国也发生类似情况。第一百一十三回描写，孙权死后，继位的皇帝孙亮天资聪明，却先后被权臣诸葛恪、孙綝所挟制，最后被孙綝所废：（孙綝）指吴主孙亮骂曰："无道昏君！本当诛戮以谢天下！看先帝之面，废汝为会稽王，吾自选有德者立之！"叱中书郎李崇夺其玺绶，令邓程收之。亮大哭而去。

上面所举都是皇帝暗弱而受权臣把持，以致无权失势的悲惨处境。但反过来，如果皇帝有权但无能或昏暴，那结果同样十分可悲。突出的例子是蜀国后主刘禅和吴国末帝孙皓。刘禅无能平庸，诸葛亮在世时完全依靠诸葛亮，诸葛亮去世后就宠信小人，终致国势衰微，被司马昭所灭，自己也当了俘虏。他当了俘虏后对司马昭说："此间乐，不思蜀也。"（第一百一十九回）不管是真的没有心肝还是假装糊涂，其结局都令人叹息。

吴国最后一个皇帝孙皓残暴，"前后十余年，杀忠臣四十余人。皓出入常带铁骑五万，群臣恐怖，莫敢奈何"（第一百二十回）。看来孙皓是吸取了主弱失权的教训，牢牢地把权力掌握在自己手中，以强大的武力来自卫。这固然避免了被臣下废黜的命运，但国事也因此日非，终于为晋所灭，自己也成了晋的俘虏。三国归晋以后呢？《三国志演义》结束了，但我们都知道"贾后乱政""八王之乱"等《两晋演义》里的故事，新的一轮"合不久已分"很快又开始了。

《三国志演义》以简略朴素的历史叙事展现了在分合兴亡过程中皇帝的遭遇，比起那些传奇性的英雄故事来说，这些描写其实更具有生活的真实性和艺术的写实主义特色。对于现代读者来说，从这些情节中会看到皇权专制制度的不合理，在这种制度下，不仅普通老百姓遭受痛苦，就是最高统治者皇帝本人，也不可能有更好一点的命运。

　　唯一的希望，只在能否既有"明君"，又有"贤臣"，而这种希望又只能寄托于一种历史的偶然性。更引人深思的是，即使像刘备与诸葛亮、关、张、赵、马、黄那样的理想遇合，也由于君主专制本身的制度性缺陷，而导致刘备不听诸葛亮劝谏一意孤行攻吴失败的悲剧，以及诸葛亮死后刘禅昏庸终于亡国的悲剧。君主专制制度有其难以克服的弊病，它必然带来"分久必合，合久必分"的"治、乱"循环和社会动荡。

　　让人无奈的是，这种"分合"循环乃是一种历史的必然进程，是生产力发展到一定水平必然产生的一种上层建筑。这真让人兴起一种历史的荒诞感和虚无感，因此也就可以理解《三国志演义》开头和结尾的那些"转头空""已成梦"等古代文人的唏嘘浩叹了。由传统君主专制的社会制度向近现代多党制衡轮流执政的民主宪政社会制度转型，也是一个漫长而复杂的过程，思想界所谓"袁世凯之问"的话题即反映这种历史困惑，而多党制衡轮流执政的民主宪政制度也有许多问题，传统与现代就这样开始沟通和对话。

三、"分合"中的小民和士兵

有一种关于小说"主题"的主流说法，说《三国志演义》是写人才的杰作。这里说的人才主要是军事和政治人才，奸雄、枭雄、谋士、武将们在三国鼎立的时代大舞台上纵横驰骋，辗转腾挪，惊心动魄，武略文谋，业绩辉煌。小说的主要魅力就在这些人才的智慧、计谋、武艺及勇毅精神和英雄气概栩栩如生的描写。

但如果换一个视角，看看小说中写到"小人物"的命运，又是如何呢？首先是普通老百姓。《三国志演义》第一回首先登场的，就是老百姓。"洛阳地震；又海水泛滥，沿海居民，尽被大浪卷入海中。""朝政日非，以致天下人心思乱，盗贼蜂起。"因此就有张角三兄弟的黄巾起义，"四方百姓，裹黄巾从张角反者四五十万"。天下各路英雄豪杰，包括刘、关、张，都是镇压黄巾起义起家的。第一回的回目"宴桃园豪杰三结义，斩黄巾英雄首立功"揭示分明。

黄巾起义军被称为"贼"，而那些镇压黄巾起义的军阀则被称为"英雄"。其实天下大乱，各路军阀不都是趁机而起，想浑水摸鱼最后当皇帝吗？为什么单独张角兄弟的同样想法就是"萌异心"，是做"贼"呢？寻根究底，还是"帝王将相自有种"和"成则王侯败则贼"，因为黄巾起义的领袖是普通老百姓，更重要的，是他们的起义失败了。

小民活不下去，造反则被镇压。从此小民们就只有被各路军阀屠杀的分了。第六回董卓迁都："卓即差铁骑五千，遍行捉拿洛阳富户，共数千家，插旗头上，大书反臣逆党，尽斩于城外，取其金赀。李傕、郭汜尽驱洛阳之民数百万口，前赴长安。每百姓一队，间军一队，互相拖押；死于沟壑者，不可胜数。又纵军士淫人妻女，夺人粮食；啼哭之声，震动天地。如有行的迟者，背后三千军催督，军手执白刃，于路杀人。"

第十回曹操攻打徐州："且说操大军所到之处，杀戮人民，发掘坟墓。"第四十一回曹操追杀刘备，刘备携民渡江，这是表现刘备"爱民"，但百姓的实际遭遇仍然悲惨万分："（赵）云拍马在乱军中寻觅（甘、糜二夫人），二县百姓号哭之声，震天动地；中箭着枪、抛男弃女而走者，不计其数。"

仅举此二三小例，已可以想见在群雄逐鹿的时代，当英雄们耀武扬威、施展抱负之际，普通百姓却处在怎样的水深火热之中。曹操《蒿里行》："铠甲生虮虱，万姓以死亡。白骨露于野，千里无鸡鸣。生民百无一，念之断人肠。"王粲《七哀诗》："出门无所见，白骨蔽平原。路有饥妇人，抱子弃草间。顾闻号泣声，挥涕独不还。"这都是英雄们大展宏图的"大时代"普通人民悲惨遭遇的真实记录。

当军阀混战逐渐演变为魏、蜀、吴三国鼎立的形势时，对老百姓来说，也就是有了相对稳定的日子可过了。但魏、蜀、吴三国领袖们的雄才大略就是要消灭对方，追求"一统天下"。因此有了三国之间一次又一次的大小战争。赤壁大战，三气周瑜，夷陵大战，七擒孟获，六出祁山，九进中原，灭蜀吞吴……当我们为诸葛亮、周瑜的计谋，为五虎上将的勇略而感到津津有味之时，却忽略了这又是以无数的小民和士兵的流血丧命为代价的。在这一三国归晋的过程中，究竟有多少生灵遭受涂炭呢？

　　第四十八回徐庶说破庞统的连环计，庞统说："你若说破我计，可惜江南八十一州百姓，皆是你送了也！"徐庶回答说："此间八十三万人马，性命如何？"小说是把徐庶和庞统的对话写作玩笑的，但仔细一想，却正揭示了战争本身的荒诞性和小民、士兵作为战争牺牲品的可悲性。徐庶只是要庞统教他一个计策逃离现场，避免自己在战火中玉石俱焚，对北军八十三万人马和江东八十一州百姓的性命就全然不顾了。周瑜一把大火，曹军的八十三万人马就大多数葬身火海之中了。

第八十四回吴蜀夷陵大战，陆逊也是用火攻："先主遥望遍野火光不绝，死尸重叠，塞江而下。"第九十回诸葛亮擒孟获，对使用残酷的战争手段有一段忏悔式的话："吾今此计，不得已而用之，大损阴德。……藤甲虽刀箭不能入，乃油浸之物，见火必着。蛮兵如此顽皮，非火攻安能取胜？使乌戈国之人不留种类者，是吾之大罪也！"这已经接触到战争本身的反人类性质。现代世界舆论推动签订各种国际条约禁止核武器的试验和化学、生物等武器的制造和使用，以及谋求裁军以维护世界和平的努力，正是从这种对战争本质的反思出发的。

古典小说的审美立场，是把战争中的杀戮浪漫化，不让读者深刻感受战争的恐怖、死亡的可怕，对这些只用简略的笔墨叙述，不作具体的描写，重点在渲染勇敢、力量和胆略等等，但在字里行间，也会有各种边缘性、隐蔽性思想的不自觉流露。作为现代人的审美心理，无法回避视战争和杀人为儿戏的灭绝人性的态度，而会深憾于一将功成万骨枯，并进而思考战争的错谬、政治的荒诞、人性的复杂、人类的命运这样一些根本性的问题，追究"终极意义"。

因此，发掘古典小说中的边缘性寓意是一种有意义的解读方法。除了前面谈到的战争之残酷外，比如《三国志演义》写女人只是男人的附属品或政治斗争的工具，似乎理所当然，再如对政治斗争的残酷性痛感不强，动不动就满门抄斩、夷灭三族，却写得很轻松，以及对阴谋、诡计、欺诈持赞美欣赏态度，等等，都会产生"前现代"与"现代""后现代"之间文化和审美心理的落差及冲突，需要研究者作出合理的阐释。

"分合"之韵中最波诡云谲的是什么？请听下一讲：《三国志演义》的"韬晦"之计：智慧还是阴谋？

　　《三国志演义》是中国小说史上第一部长篇章回小说，也被称为中华民族的"亚史诗"，其中蕴含着丰富的中华传统文化智慧。比如"知遇之感"、义气千秋等，这些无疑是宝贵的精神文化财富，随着时代的演进，需要分析阐释，予以扬弃、继承和发展。下面谈谈《三国志演义》中有关"韬光养晦"的故事，看看其中有怎样耐人寻味的文化内涵。

一、"韬光养晦"的著名段子

　　《三国志演义》第二十一回"曹操煮酒论英雄"，写了一个很典型的"韬晦"故事。

暂时投奔曹操的刘备，却暗中参加了董承等人企图除掉曹操的政治密谋，为了掩护自己，蒙蔽曹操，刘备故意装出胸无大志的样子：

> 玄德也防曹操谋害，就下处后园种菜，亲自浇灌，以为韬晦之计。关、张二人曰："兄不留心天下大事，而学小人之事，何也？"玄德曰："此非二弟所知也。"二人乃不复言。

刘备种菜灌园，并非真有隐逸之趣，而是借以造成假象，使曹操对自己放松警惕。可是他这种伪装虽然连自己的结义兄弟关羽、张飞也瞒过了，其实却并没有骗过老奸巨猾的曹操。曹操派人招来刘备，一见面就说："在家做得好大事！""玄德学圃不易！"这话很幽默讽刺，等于当面揭穿了刘备的老底："你学圃的真实用意可瞒不了我曹孟德啊。"曹操接着青梅煮酒，与刘备纵论天下谁是英雄。刘备的策略是一味装糊涂，佯老实，先谦说："备肉眼安知英雄？"再推辞说："备叨恩庇，得仕于朝，天下英雄，实有未知。"毛宗岗在这两句下评点说："一发假呆得妙。""一味装呆诈痴，即种菜之意。"实在推托不过，就故意举出袁术、袁绍、刘表、孙策、刘璋等人，显示自己真是"肉眼不识英雄"。曹操却不肯放松，一语破的：

　　操曰："夫英雄者，胸怀大志，腹有良谋，有包藏宇宙之机，吞吐天地之志者也。"玄德曰："谁能当之？"操以手指玄德，后自指，曰："今天下英雄，惟使君与操耳！"玄德闻言，吃了一惊，手中所执匙箸，不觉落于地下。时正值天雨将至，雷声大作。玄德乃从容俯首拾匙，曰："一震之威，乃至于此。"操笑曰："丈夫亦畏雷乎？"玄德曰："圣人迅雷风烈必变，安得不畏？"将闻言失箸缘故，轻轻掩饰过了。操遂不疑玄德。后人有诗赞曰：

勉从虎穴暂栖身，说破英雄惊杀人。

巧借闻雷来掩饰，随机应变信如神。

这一节文章写得精彩四射，"韬晦"这一传统的文化智慧通过曹操、刘备这两个"奸雄"和"枭雄"的斗心眼获得了艺术的实现。刘备学圃，是韬晦；装糊涂，是韬晦；借闻雷掩饰落箸的真实原因，还是韬晦。正如刘备后来对关羽、张飞二人所说："吾之学圃，正欲使操知我无大志，不意操竟指我为英雄，我故失惊落箸。又恐操生疑，故借惧雷以掩饰耳。"所以毛宗岗评点说："于玄德口中将前文下一注脚。"

二、"韬光养晦"的词语溯源

"韬晦"一词是"韬光养晦"的简缩。它的意思是敛藏才智，收掩锋芒，不使外露，这样自己便会处于似弱实强的地位。《说文解字》："韬，剑衣也，从韦舀声。"而韦的本义是去毛熟制的皮革。韬就是皮子做的剑套，引申开去，就成了隐藏的意思。北宋真宗年间编的韵书《广韵》(《大宋重修广韵》)就说："韬，藏也。"因此，由"韬"而来的各种组词都有藏而不露的意思。例如：

韬日：日光隐藏之意。"薄云韬日不成晴，野水通池渐欲平。"(陆游《初夏》诗)

韬玉：藏玉也。"远源长烂，自晋徂韩。潜川韬玉，霍岫腾峦。"(谢庄《司空何尚之墓志》)

韬曜：隐匿光辉。"漱流而激其清，寝巢而韬其耀。"(《晋书·隐逸传》)

韬潜："或殷辚而鼓作，或灭没而韬潜。"(张仲甫《雷赋》)

韬隐："能韬隐其质，故致全性也。"(刘昼《新论·韬光》)

韬藏："韬藏演抑，久伏不显。"(欧阳修《仲君文集序》)

韬韫:"匿景藏光,嘉遁养浩,韬韫儒墨,潜化傍流。"(《三国志·魏志·管宁传》)

韬伏:"韬伏明姿,甘是埋暖。"(《后汉书·申屠蟠赞》)

韬乎:隐藏的样子。"君子明于此十者,则韬乎其事心之大也。"(《庄子·天地》)

最具有普泛性的则是"韬光"一词。三国魏孔融《杂合诗》:"玫璇隐曜,美玉韬光。"《晋书·慕容垂载记》:"但时来之运未至,故韬光俟奋耳。"梁昭明太子萧统《陶靖节集序》:"圣人韬光,贤人遁世。""韬光"再与"养晦"结合成"韬光养晦",简称"韬晦",成了一种中华民族特别推崇的处世哲学、政治谋略和文化智慧。

三、"韬光养晦"作为处世哲学与政治谋略

作为处世哲学"韬光养晦"强调退守自保,戒禁争强好

胜。清郑观应《盛世危言·自序》："自顾年老才庸，粗知《易》理，亦急拟独善潜修，韬光养晦。"作为政治谋略，则更强调以退为进、以守为攻、以弱克强的意思。所谓退一步，进两步，潜藏退隐是手段，麻痹敌人，然后乘其不备而突施杀手为目的。《资治通鉴》卷第二九四后周显德六年："上在藩，多务韬晦，及即位，破高平之寇，人始服其英武。"

《三国志演义》中吕蒙和陆逊先后击败关羽和刘备，都用了韬晦之计。《三国志·吴志·陆逊传》："（吕）蒙对曰：陆逊……终可大任，而未有远名，非（关）羽所忌，无复是过。若用之，当令外自韬晦，内察形便，然后可克。"《三国志演义》进一步情节细节化，第七十五回"吕子明白衣渡江"中，陆逊对吕蒙说："云长倚恃英雄，自料无敌，所虑者惟将军耳。将军乘此机会，托疾辞职，以陆口之任让之他人，使他人卑辞赞美关公，以骄其心，彼必尽撤荆州之兵，以向樊城。若荆州无备，用一旅之师，别出奇计以袭之，则

荆州在掌握中矣。"这是典型的韬晦之计。关羽果然入其
彀中：

　　时公正将息箭疮，按兵不动。忽报："江东陆口
守将吕蒙病危，孙权取回调理，近拜陆逊为将，代
吕蒙守陆口。今逊差人赍书具礼，特来拜见。"关
公召入，指来使而言曰："仲谋见识短浅，用此孺子
为将！"来使伏地告曰："陆将军呈书备礼：一来与
君侯作贺，二来求两家和好。幸乞笑留。"公拆书
视之，书词极其卑谨。关公览毕，仰面大笑，令左
右收了礼物，发付使者回去。使者回见陆逊曰："关
公欣喜，无复有忧江东之意思。"

　　正是陆逊的"韬晦"之计，使得关羽放松了警惕，最
后东吴偷袭荆州，迫使关羽走麦城而终被俘杀。行使韬晦之

计，则必须能够忍辱负重。陆逊对关羽下书，"书词极其卑谨"，就是能够忍辱。到第八十三回"守江口书生拜大将"，陆逊面对汹汹而来的刘备七十万大军，先避其锐气，坚守不出，帐下众将不服，陆逊回答说："仆虽一介书生，今蒙主上托以重任者，以吾有尺寸可取，能忍辱负重故也。汝等只各守隘口，牢把险要，不许妄动。如违令者皆斩！"等候时机，最后火烧连营七百里，大败刘备。

毛宗岗在这一回前有评语曰："从来未有不忍辱而负重者。韩信非为胯下之辱，则不能成兴汉之烈，张良非进圯桥之履，则不能成报韩之功。又未有不能负重而能忍辱者。子胥惟怀破楚之略，故能乞食于丹阳，范蠡惟怀沼吴之谋，故甘受屈于石室。古今大有为之人，一生力量，只在负重二字，一生学问，只在忍辱二字。熟读一卷《老子》，便是一卷《阴符经》。"

四、"韬光养晦"的哲学透视

所谓"熟读一卷《老子》，便是一卷《阴符经》"，就把政治谋略追溯到了文化哲学。《老子》是战国时的哲学书，《阴符经》托名黄帝，其实是汉魏以后的作品，这两种书都既是道家哲学书，也可以从权谋术数甚至兵法的维度予以解释发挥，特别是"阴符"二字，在历史上的泛文化层面，都当作政治兵法阴谋权术等来理解。把"韬光养晦"追溯到《老子》和《阴符经》，即把处世态度和政治兵法上升到文化哲学的高度。

中华传统文化是内陆文化，是农业文化，是宗法文化，这种文化的哲学理想是"中和"，对矛盾双方的对立统一、互相转化有着深微的体察和领悟。这特别在《周易》和《老子》里得到集中的表述。《周易》开首第一乾卦就表明了"上九，亢龙有悔"这种盛极必衰的思想。"上九"是乾卦最高、最后、最末的一爻。意思说已经达到极点，没有再高的位置，因而物极必反，位置虽高，反而不如前一爻"九五，飞龙在天，利见大人"。"亢"是极与高又干燥的意思。龙飞得过高，到达既高又干燥的极点，既不能上升，又不能下降，进退两难，以致后悔。处在这种状态，必须居高思危，自我警惕，不可再过分追求。以"满招损"来戒惕教诲，以免乐极生悲。反过来，"谦受益"，柔弱的一方反而能够发展前进，处于有利的地位。这就是韬光养晦思想的起源。

"明夷"卦阐释苦难时"用晦而明"的法则，其象曰："明入地中，明夷。内光明而外柔顺，以蒙大难，文王以之。利艰贞，晦其明也，内难而能正其志，箕子以之。"这一卦，上卦"坤"是地，下卦"离"是太阳，太阳进入地中，是光明被创伤的形象。但以卦的性格来说，内卦"离"是光明，外卦"坤"是柔顺，这种内心明智、外貌柔顺的性格，就可以承受大难。周文王就是如此，当蒙受被暴君纣王囚禁在羑里的大难时，就是隐藏内在明智，外表柔顺，最后得以安全脱险。"利艰贞"说在艰难中坚守正道有利，"晦其明也，内难而能正其志"说应当收敛光芒，在国家蒙受大难时能够坚持光明正大的意志。"箕子以之"说箕子就是这样，当纣王无道，明知无可救药时，就装疯避祸。

这一卦阐释在苦难时"用晦而明"，也就是韬光养晦。当邪恶猖狂，残害正义，光明被创伤的时刻，正义的力量难以抗拒，唯有内明外柔，才能承受大难，避免牺牲。当此苦难时期，君子应当觉悟立场的艰难，收敛锋芒，艰苦隐忍，逃离险地，先求自保。隐忍逃避，是为了避免伤害，以争取时间，集聚力量，谋求挽救，待机而动，反败为胜。

同样，《老子》贵柔守雌的哲学立场也直通韬光养晦。《老子》第八十一章："祸兮，福之所倚；福兮，祸之所伏。"老子看到一些柔弱的事物目前虽然不够强大，后来却能战胜强大的敌人。他说："坚强者死之徒，柔弱者生之徒。"(《老子》第七十六章）因此，老子主张："知其雄，守其雌""知其荣，守其辱""知其白，守其黑"（第二十八章），这样就能"柔弱胜刚强"（第三十六章）。这也就是所谓"曲则全，枉则直，洼则盈，敝则新，少则得，多则惑……古之所谓曲则全者，岂虚言哉？"（第二十二章）"牝常以静胜牡，以静为下，故大国以下小国，则取小国。小国以下大国，则取大国。"（第六十一章）

这样的哲学思想，反映到政治谋略上，是韬光养晦，反映到军事兵法上，则是"攻其不备，出其不意""避其锐气，击其惰归"（《孙子》）。哲学、政治、军事是互相会通的。韬光养晦是避其锋芒装傻充愣示弱骄敌攻其不备以弱胜强。因而，《老子》甚至被认为是兵书，黄老之术（黄帝、老子之术，黄帝被尊为道家的祖师）衍化为"君人南面之术"即君主驾驭臣下的方术，道家衍化为专门研究"法、术、势"等计谋策略的法家学派，也就顺理成章了。《三国志演义》中刘备与陆逊等人行"韬晦之计"的故事，正是这种中华文化智慧惟妙惟肖的艺术化再现。这种文化智慧渗透到生活中，则成为一种处世艺术。《红楼梦》里的薛宝钗"随分从时""装愚守拙"的艺术形象就提供了这样一种审美观照。

五、"韬光养晦"与"儒法道互补"

我写过一篇文章《诸葛亮形象的文化意义》(《光明日报》1986 年 11 月 18 日"文学遗产"第七一九期)，分析论证《三国志演义》中的诸葛亮是一个儒、法、道、兵、阴阳、纵横等各家的综合艺术形象，而这正反映了汉武帝"罢黜百家，独尊儒术"之后以儒家思想为招牌，融合吸纳了各家思想的社会实际。毛宗岗评点诸葛亮："其处而弹琴抱膝，居然隐士风流；出而羽扇纶巾，不改雅人深致。在草庐之中，而识三分天下，则达乎天时；承顾命之重，而六出祁山，则尽乎人事。七擒八阵，木牛流马，既已疑鬼疑神之不测；鞠躬尽瘁，志决身歼，仍是为臣为子之用心。比管、乐则过之，比伊、吕则兼之。"这实际上概括了中华民族传统文化心理结构的核心：儒、道、法互补。体现在读书人的人生理想上，则是"达则兼济天下，穷则独善其身"。所谓"兼济"，是以儒家的修身、齐家、治国、平天下的"王道"为主，再融合法家、兵家、纵横家的"王霸之术"。所谓"独善"，则是儒家的"孔颜乐处"（孔子与颜回对贫困泰然处之的人生态度）结合道家的隐逸情调。

从文化思想上，"独善"也与"韬光养晦"曲曲相通。诸葛亮出山是《三国志演义》中最精彩的章节之一。金戈铁马、诡计阴谋、破阵杀人的《三国志演义》中有了"刘玄德三顾草庐"一回，真是妙不可言。这一回生动地体现了"儒道互补"的有机结合。毛宗岗说得好："顺天者逸，逆天者劳。无论徐庶有始无终，不如不出；即如孔明尽瘁而死，毕竟魏未灭、吴未吞，济得甚事！然使春秋贤士尽学长沮、桀溺、接舆、丈人，而无知其不可而为之仲尼，则谁著尊周之义于万年？使三国名流，尽学水镜、州平、广元、公威，而无志决身歼、不计利钝之孔明，则谁传扶汉之心于千古？玄德之言曰：'何敢委之数与命！'孔明其同此心与！"这是儒家"制天命而用之""天行健，君子以自强不息"的积极入世精神。然而"三顾草庐"又把隐士的世界写得那么美妙，那么优雅，那么有韵味！但特别耐人寻味的是，诸葛亮高卧隆中，要刘备三顾诚请，才终于出山，也把"韬光养晦"的精神表现得淋漓尽致。这也和我们后面要讲的"知遇之感"一脉相通。如蔡邕、陈宫等失败的例子，不就是对"韬晦"的真谛还没有真正参得其中三昧吗？所谓："当时诸葛隆中卧，安肯轻身事乱臣？"

当代学人也有另外角度的思考，认为所谓"儒法道互补"其实是儒表之下的道法互补，纯粹的儒很少，多数是法儒、道儒。也就是标榜的是儒家的仁义礼教政治，实行的是法家的权术专制政治；讲的是性善论，行的是性恶论；说的是四维八德，玩的是法、术、势，纸上的伦理中心主义，行为上的权力中心主义。把李泽厚概括的"儒道互补"或"儒道禅互补"变换为"儒法道互补"，是突出政治文化层面的法家之"诡道"。

这在"韬光养晦"的多面性解读中似乎格外体现得真切，它可以是高卧隐逸，也可以是假面伪装，可以是深藏不露，也可以是待机而发。诸葛亮身上就表现得格外传神，他在隆中是飘逸潇洒的隐士高人，出山后仍然羽扇纶巾，一副世外高人的样子，可是在政治、外交和军事的斗争中，他却鬼神莫测，其实也就是满腹阴谋诡计的超级版，所以总是让对手大败亏输。这或者才是"韬光养晦"的八面锋，也是人类文明永恒的悖论吧。

从审美的角度，韬光养晦显现的是深沉美、厚重美、机智美，那个经典的段子"青梅煮酒论英雄"中，刘备的心机之深、腹笥之广、应答之机警，曹操气度之沉雄、豪迈、诡诈，确实让我们领略到一种深沉的智慧之美，可谓笔彩联翩，好看煞人。文化智慧把凶霸残酷的政治斗争审美化了，政治已经成为名副其实的艺术，让人入神坐照，心向往之，而忘却了其血淋淋的实质。从某种意义上，这暗含着一股忽视人道的潜流，但又的确是中华传统文化在艺术审美上独具一格的投影。正能量与负能量在传统文本中犬牙交错的存在是当代读者面临的审美困惑。当代学人说要以"西儒会通"解构"法道互补"，发掘发扬发展以黄宗羲、谭嗣同为代表的"纯儒思想"脉络——即以"仁"为核心的人性论，或可能为人类"超越现代性"提供有益的思想资源。阅读《三国志演义》和《忠义水浒传》，是否也可以由此获得某种启示？

"韬晦之计"难免阴谋论的暗影，我们再转换视角，瞻仰智慧的光明，展示人心的"正能量"。请听下一讲：《三国志演义》的"知遇"之感：寻找我的"另一半"。

现在说"男人的一半是女人",这是女性地位提高以后的现代情况。在《三国志演义》里可不是这样。那时候女子是男人的附属品,而且一夫多妻,所以刘备说兄弟如手足,妻子如衣服。衣服旧了,不喜欢了,就扔掉旧的换新的。兄弟手足却是不可能再生的。那时候男人寻找的"另一半"是事业上的帮手,政治上的同道,心灵上的知己。刘备得到了孔明,说"如鱼得水"。这很有趣,就像现在"同志"一词有两种喻义一样。古代喜欢用男女关系比喻君臣关系,也是很早就开始的,比如屈原的《离骚》。曾经有研究者说屈原爱上

了楚王。

　　不过我们这里说的"寻找另一半"，是说《三国志演义》对中华民族一种源远流长的文化精神用非常生动的艺术手段予以表现，发扬光大，这种文化精神就是对"知遇之感""知己""知音"的追求。

一、曹魏一方的知遇故事

　　《三国志演义》是以蜀汉一方为"正统"的，刘备集团是占篇幅最多的主要描写对象。曹操被写成"奸雄"，他的名言是"宁教我负天下人，不教天下人负我"，这样当然就无法把"知遇"的主题表现得很充分，更多是从反面来衬托刘备一方。不过，也不是全无表现，文的方面，正面的有郭嘉、贾诩，反面的有荀彧，武的方面，则有典韦、许褚、张辽等。

　　作为真实历史人物的曹操，也留下了表达知遇之感的文献。如《祀太尉桥玄文》，把"太尉桥公"对自己的知遇表述得十分真挚："吾以幼年，逮升堂室，特以顽鄙之姿，为大君子所纳。增荣益观，皆由奖助。犹仲尼称不如颜渊，李生之厚叹贾复。士死知己，怀此无忘。"（《论语》中记录孔子曾对子贡感叹自己和子贡都不如颜渊；《后汉书》记载贾复曾从李生学习，而李生对门人感叹，说贾复"容貌志气如此，而勤于学，将相之器也"。）

郭嘉字奉孝，是投奔曹操最早的谋士之一，他为曹操出谋划策，每有先见之明，可惜英年早逝，三十八岁就死了。小说写他跟随曹操"从征十有一年，多立奇勋"，病死前还留下遗书给曹操出消灭袁绍之子的计策，死后曹操亲自祭奠。第三十三回盖棺论定的赞词："腹内藏经史，胸中隐甲兵。运谋如范蠡，决策似陈平。"第五十回曹操赤壁大战失败而终于安全脱逃后，反而"仰天大恸"，众位谋士问他为什么痛哭，曹操说我哭郭嘉啊，他要是活着，一定不会让我遭遇这一次大失败。所谓："吾哭郭奉孝耳！若奉孝在，决不使吾有此大失也！"众位谋士听了说不出话，觉得很惭愧。通过这一个细节，曹操和郭嘉之间的"知遇之感"表现得很生动。

还有谋士贾诩，自吕布时期就头角峥嵘，后归曹操，出谋献计立功，如离间马超和韩遂而破西凉兵（第五十九回），曹操死时成为托孤大臣之一。

荀彧也是很早就抛弃袁绍而投奔了曹操，出过许多好计策，曹操甚至称为"吾之子房"，就是帮助刘邦打败项羽，"运筹于帷幄之中，决胜于千里之外"的张良（第十回），给人是曹操"第一谋士"的印象。曹操还把女儿嫁给了荀彧的儿子。但第六十一回写荀彧因反对曹操加九锡，遭曹操忌恨，曹操派人送去一个空的食盒，意思是禄尽缘绝，荀彧被迫服毒自杀，但他死后曹操又有点后悔。这是一出虽曾"知遇"而未得善终的悲剧。

典韦和许褚是曹操手下两员最厉害的武将。典韦很早就为曹操而死，曹操征讨张绣，张绣本来已经投降，因曹操好色，抢来张绣的婶娘同床共枕，派典韦在帐外守卫。张绣设计偷走了典韦的双铁戟，那是威力很大的武器，再派兵偷袭曹操营帐，典韦虽然没有了双戟，仍然杀死敌人三十多个才被射死，曹操得以逃脱。在逃跑过程中，长子曹昂和侄子曹安民都被杀，但曹操后来却专门祭奠典韦，哭着说我损失了大儿子和侄子，都不感到很深的悲痛，就是哭典韦啊！所谓："吾折长子、爱侄，俱无深痛，独号泣典韦也！"（第十六回）后面还写曹操回到许都，怀念典韦，给典韦立了祠庙祭祀，还收养典韦的儿子，封为中郎。（第十七回）

　　许褚号称"虎痴"，典韦死后，许褚成了曹操的贴身保镖。他曾"裸衣斗马超"，并在马超几乎要捉住曹操时"独奋神威"而救了曹操，都是著名的段子（第五十八、五十九回）。

写关羽一度投降曹操而终不忘刘备，后来又在华容道"义释"曹操，是对"知遇之感"的精彩展示。刘、关、张桃园三结义，情深义重而生死不渝，是小说一开头就突出描写的。第二十五回"屯土山关公约三事"，关羽被曹操大军包围，在张辽说合下，答应暂时归顺曹操，但提出三个条件，其中最核心的一条就是一旦得知刘备消息，就要离开曹操去找刘备。曹操对这一条感到为难，对张辽说那么我要了关羽有什么用？这一条不能答应。所谓："然则吾养云长何用？此事却难从。"张辽说丞相没有听说过豫让"众人""国士"的说法吗？刘备就是对待关羽恩厚，丞相将来用更厚的恩来笼络关羽，还用发愁关羽不回心转意吗？原文是："岂不闻豫让'众人''国士'之论乎？刘玄德待云长不过恩厚耳。丞相更施厚恩以结其心，何忧云长之不服也？"

曹操因此在关羽归顺后三日一小宴，五日一大宴，送金银，送美女，而关羽始终不忘要重归刘备。曹操把吕布的赤兔马送给关羽，关羽一再拜谢，曹操说我送你那么多财宝，你不拜谢，怎么送一匹马就这样，是不是轻人重马？关羽说因为赤兔马日行千里，将来知道了刘备消息，可以很快就见到。曹操听了感到既后悔又佩服。后来关羽终于"过五关，斩六将"，千里走单骑，离开曹操而回到刘备那边。但也因为曹操待自己恩厚，后来在曹操赤壁兵败，华容道遇关羽伏兵，曹操求情，关羽终于甘冒军令而放走了曹操。关羽因此被推崇为"义气千秋"，死后成神。关羽和刘备、曹操的故事立体地表现了"知遇之感"的神韵。

顺便说一下，云长的"长"其实应该读成长的"长"而不是长短的"长"，字云长，名羽，云长风积羽翼才能高飞，意义相连，如庄子《逍遥游》中所写的大鹏鸟一样。不过从《三国志演义》里有关诗句的平仄声调看，那时已经读"长短"的"长"了，约定俗成，也不算错。

义气千秋关云长，知遇万岁放光芒。

二、东吴一方的知遇故事

东吴一方，"知遇之感"的故事也不少。比较早的有太史慈，他和孙策"不打不成相识"（毛宗岗评点），有专门的"太史慈酣斗小霸王"（第十五回），后来擒获了太史慈，孙策"自释其缚，将自己锦袍衣之"，就是亲自给太史慈解开捆绑的绳索，并把自己身上的锦绣袍子脱下来给太史慈披上。太史慈感动，就投降了孙策。后来《水浒传》中宋江对被擒获的朝廷战将经常这样作秀，是不是向孙策学的？太史慈刚投降了孙策，就去收拾散去的兵卒，众人怀疑太史慈不回来了，而孙策坚信太史慈是"信义之士，必不背我"。太史慈按期归来，"众皆服策之知人"。"知人"就是两人的"知遇之感"。

孙权和诸葛瑾两人相知的故事也很感人。第八十二回写关羽死后，刘备大举攻吴，大兵压境，诸葛瑾作为东吴的使者，去见刘备劝和。孙权手下的谋士张昭对孙权说，诸葛瑾见刘备那边势力大，一定是以劝和作借口，"背吴入蜀"，这一去就不回来了。张昭这样猜疑，有一个前提，是诸葛瑾的弟弟诸葛亮是刘备的军师和丞相。但孙权却对张昭说，我和诸葛瑾，"有生死不易之盟"，我不会怀疑他，他也一定不会背弃我。当年赤壁大战时，我想让诸葛瑾劝诸葛亮留下来，诸葛瑾回答说，我弟弟已经跟从刘备，义无二心，我弟弟不会留在东吴，就像我不会背弃东吴去投奔刘备。说话之间，诸葛瑾就回来了，张昭则"满面羞惭而退"。

东吴方面"知遇之感"表现得最动人的，是周瑜。孙策死时对接班的弟弟孙权说"外事不决，可问周瑜"（第二十九回），周瑜和孙策、孙权两任主君，都互相"知遇"。第二十九回周瑜对孙权说："愿以肝脑涂地，报知己之恩。"这在赤壁大战中表现得最生动。是周瑜坚定了孙权抗击曹操的决心，而孙权对周瑜完全信任，授予全权指挥赤壁大战，保住了东吴鼎立三分的江山。第四十五回"群英会蒋干中计"，面对曹营说客蒋干，周瑜有一段表白，可以说把"知遇之感"表达得很充分。他说："大丈夫处世，遇知己之主，外托君臣之义，内结骨肉之恩，言必行，计必从，祸福共之。假使苏秦、张仪、陆贾、郦生复出，口似悬河，舌如利刃，安能动我心哉！"就是说我遇到了孙权这样能知遇的领导，既是上下级关系，又是亲戚关系——周瑜和孙策分别娶了小乔和大乔，是连襟，领导对我非常信任，言听计从，共同承担风险，一起享受成功。人生有了这样的机遇，就是古代那些最厉害的说客苏秦、张仪等人来游说我，哪怕他们说得天花乱坠，哪里能够打动得了我呢！周瑜还舞剑作歌："丈夫处世兮立功名，立功名兮慰平生。慰平生兮吾将醉，吾将醉兮发狂吟。""知遇之感"已经上升到了一种审美，一种意境。

　　这不仅是文学渲染，也确有史实根据。《三国志》录有周瑜病危时写给孙权的遗书《病困与孙权笺》，就表现了动人的知遇之感。所谓："瑜以凡才，昔受讨逆殊特之遇，委以腹心，遂荷荣任，统御兵马，志执鞭弭，自效戎行。"孙策曾任讨逆将军，"受讨逆殊特之遇"，是典型的知遇表达。裴松之注《三国志》引《江表传》则记载孙策说过："周公瑾英隽异才，与孤有总角之好，骨肉之分。"

此外，写孙权和鲁肃、吕蒙、陆逊、周泰等，无不贯穿着"知遇之感"的精神。

风流雅调说周瑜，赤壁大战显知遇。

三、刘备一方的"知遇"故事

（一）桃园结义

刘备与"五虎将"，都演绎了"知遇"故事，虽然也有描写篇幅的多少和程度上的不同。刘、关、张桃园三结义，是开篇第一回就大书特书的。所谓"不求同年同月同日生，只愿同年同月同日死"之"义结金兰"的盟誓，从此成了江湖社会的样板语言。毛宗岗评批说："千古盟书，第一奇语。"结盟在"花开正盛"的"桃园"进行，大好春光衬托青年英杰，桃花如火，青春如火，友情如火，十分动人。同时，桃园结义有意突出了政治目标的一致："同心协力，救困扶危，上报国家，下安黎庶。"这就比曹操一方和东吴一方多了"政治正确"的光辉，这自然是《三国志演义》的"倾向性"。

这以后，对刘、关、张之间的生死之交，反复渲染，如前面讲过的关羽过五关，斩六将，千里走单骑，以及关羽和张飞的古城会，特别是关羽和张飞之死，刘备为给关羽报仇而大举伐吴，等等，都表现得淋漓尽致。这些情节，大家都耳熟能详。当然，大多是文学渲染，历史真实要复杂得多，那是另一回事。

（二）赵云和刘备

　　虽然历史上赵云受到了刘备父子的不公平待遇，在五虎将中地位最低，但小说却虚构了不少刘备和赵云的"知遇"情节。第七回赵云出场时是公孙瓒的部将，但一见刘备，就写二人互相欣赏，描写"玄德与赵云分别，执手垂泪，不忍相离"，而赵云也有弃公孙瓒归刘备的心思。不久，第二十八回，赵云就正式投奔刘备，赵云说自己奔走四方，择主而事，没有一个如刘备能让自己倾心，"今得相随，大称平生。虽肝脑涂地，无恨矣"。这是典型的"知遇之感"的情景。

　　此后赵云长坂坡大战，截江夺阿斗，演绎了许多不顾生死相报"知遇"的感人故事。直到最后刘备在永安宫去世前，除了托孤于诸葛亮，还对赵云说自己与赵云"患难之中，相从到今"，嘱托他尽心辅助刘禅，而赵云哭着说："臣敢不效犬马之劳！"

（三）刘备和诸葛亮

刘备和诸葛亮的"知遇"，那更是全书用了十二分气力予以表现的。首先，是用徐庶作引子，徐庶就是衬托诸葛亮出场的一个序曲。在刘备危难之际，在水镜先生司马徽的指引下，徐庶化名单福，投奔刘备麾下，出谋划策，杀了曹操手下的吕旷、吕翔，又打败了大将曹仁，神机妙算，布阵排兵，俨然就是一个小诸葛亮。刘备在水镜先生家中听到徐庶与水镜的隔壁夜谈，水镜说徐庶"公怀王佐之才，宜择人而事"，王佐之才就是能给帝王当主要辅佐的人才，也就是军师、丞相一类，正是后来诸葛亮的角色。"择人而事"就是要选对领导，实现"知遇"。水镜先生对刘备说天下奇才是伏龙、凤雏，两人得一，可安天下。但伏龙是诸葛亮，凤雏是庞统，又并不是徐庶，文章写得迷离恍惚，引人入胜，也可以说是一种艺术的"秘密武器"吧。

后来曹操制作了徐庶母亲的假书信，骗走了徐庶，刘备与徐庶分手时特别描写刘备说要砍光眼前的树林，因为树林遮挡了遥望徐庶的视线，这个故事成了典故，正是表现"知遇之感"多么珍贵。当然，"元直走马荐诸葛"（第三十六回），徐庶又回来向刘备推荐了诸葛亮才最终离去，所谓："痛恨高贤不再逢，临歧泣别两情浓。片言却似春雷震，能使南阳起卧龙。"

后面就是刘备三顾茅庐请诸葛亮出山的故事，是《三国志演义》中最优美的一段。这一段吸引人，主要是故事表现出的境界，既有道教和佛教出世的风流潇洒，又有儒家主臣双向选择的难能可贵。在"乱世英雄起四方，有枪便是草头王"的时代，作为有才能的士人，在没有遇到合适的"英主"时，只能隐居以等待机会。但要在众多的"有志图王者"当中找到自己的"真命天子"，是很不容易的，有点像赌博，看错了，跟错了，赌输了，可能血本无归，甚至搭上性命。《三国志演义》中这方面的故事也不少，后面再讲。"知遇之感"弥足珍贵，这是重要原因。另一方面，选择和"遇"是双向的，臣选择主，主也选择臣，"真命天子"要"遇"到自己的"股肱之臣"和"谋主"而且能"知"，而收为自己的辅弼，彼此信任，建功立业，也是"可遇而不可求"的。刘备三访诸葛亮的故事，把千百年以来反复上演的"知遇"的内涵和外延都丰富到极致也单纯到极致，这样一个人生主题、历史课题、情商命题、智商话题，被凝聚成一个魅力永存的审美"终极版"，这就是《三国志演义》作为"文学经典"的体现。

刘备二访诸葛亮时，诸葛亮的弟弟诸葛均唱给刘备听的那首歌就是一个审美的表达："凤翱翔于千仞兮，非梧不栖；士伏处于一方兮，非主不依。乐躬耕于陇亩兮，吾爱吾庐；聊寄傲于琴书兮，以待天时。"凤凰比喻士人，梧桐比喻英主，也就是战国时所谓"良禽择木而栖，良臣择主而事"。《三国志演义》中也几次提到这两句话，如第十四回满宠说服徐晃归顺曹操时就这样说。没有真正"知遇"时，宁可隐居等待。"躬耕陇亩""寄傲琴书"后来都作为成语使用。后面诸葛亮一生的奋斗，都是报答刘备"知遇之感"的艺术体现。许多故事大家都很熟悉，不用举例了。"受命以来，夙夜忧叹，恐托付不效，以伤先帝之明"（《前出师表》），"鞠躬尽力，死而后已"（《后出师表》），最后病死五丈原，没有能实现功成身退，但也把"知遇之感"的悲剧美表现到了极致。

知遇之感在刘备和诸葛亮的关系中被呈现得如此完美，感动了多少代的中国读书人。虽然历史的真实是，刘备其实更信任重用法正和庞统，最后托孤诸葛亮也是别无选择了。当然诸葛亮的事迹和形象早就被美化流传，诗词歌赋，咏叹不绝。最有名的是杜甫的诗，佳句很多，千古传诵。"功盖三分国，名成八阵图"，"三分割据纡筹策，万古云霄一羽毛"，"出师未捷身先死，长使英雄泪满襟"。但《三国志演义》的描写，更把"知遇之感"通过诸葛亮的故事推到了一个审美的高峰。

毛宗岗有一段对诸葛亮的评点十分精彩。说诸葛亮："其处而弹琴抱膝，居然隐士风流；出而羽扇纶巾，不改雅人深致。"六出祁山，七擒八阵，木牛流马，鬼神不测，鞠躬尽瘁，志决身歼，"比管、乐则过之，比伊、吕则兼之"。管、乐是春秋战国时期齐国的管仲和燕国的乐毅，管仲能治理国家，乐毅能领兵打仗，诸葛亮曾自比管、乐，是自许文武全才。伊、吕指商朝的宰相伊尹和周朝的宰相吕尚，吕尚就是姜子牙。毛宗岗精彩地概括了诸葛亮体现"儒道互补"和"知遇之感"所能达到的艺术表现之高度。

儒道互补诸葛亮，如鱼得水创辉煌。

四、其他的"知遇"悲喜剧

除了魏、蜀、吴三方,《三国志演义》也写了许多其他的"知遇"悲喜剧。我们举几个例子。

蔡文姬的父亲蔡邕。第四回写蔡邕受到了董卓的"知遇",董卓的女婿李儒劝董卓"擢用名流,以收人望"而起用蔡邕,也就是利用蔡邕的名望收揽人心。蔡邕本来不想去,董卓威胁说你要不来,就灭了你全族。蔡邕不得已只好出来,结果"卓见邕大喜,一月三迁其官,拜为侍中,甚见亲厚"。第九回董卓被王允设连环计而杀,"暴尸于市",蔡邕伏尸而哭,被王允所杀。蔡邕认罪,但辩解说自己"只因一时知遇之感,不觉为之一哭",并请求饶自己一死,愿意受刖足之刑,就是砍掉两只脚,以续写完汉书。其他官员都营救蔡邕,但王允不听,还说当年汉武帝没有杀了司马迁，让他写了"谤书"《史记》是个历史教训，把蔡邕杀了。

小说用一首七言绝句感叹："董卓专权肆不仁，侍中何自竟亡身？当时诸葛隆中卧，安肯轻身事乱臣。"蔡邕明确说自己是出于"知遇之感"，但把他和诸葛亮相比，也还是站着说话不腰疼，有时候人被抛到一种处境里，也是由不得自己的。

陈宫，本来是个县令，但自许"非俗吏"，也就是不是有官当有薪金拿能吃饱饭就满足了的一般人，而是有参与政治建功立业"雄心"或"野心"的主。第四回描写，他违背当时的国家通缉令，私自放走了刺杀董卓不成而逃跑的曹操，并且弃官不做，和曹操一起逃亡。但在路上曹操因多疑而杀了吕伯奢全家，明知杀错了又返回去杀了吕伯奢，并明确说"宁教我负天下人，休教天下人负我"。陈宫感到曹操太凶残，离开了曹操。陈宫后来辅佐吕布，又"择主"失误，吕布并不听从陈宫的话，所谓"不从金石论，空负栋梁材"，第十九回落得被曹操俘虏而和吕布一起被杀。当然历史上的陈宫和曹操的关系复杂得多。

袁绍手下的谋士很多，而且都积极为袁绍出谋划策，但袁绍却不能信用，遭致大败。如沮授因忠言进谏而被袁绍囚禁。后来沮授被曹操俘虏，但宁肯被杀也不投降，第三十回曹操杀了他又感叹："吾误杀忠义之士也！"

再如田丰，袁绍不听田丰良言，把田丰关进牢狱，结果袁绍战败，事实证明田丰的意见正确，但袁绍不仅不幡然悔悟，反而为了自己的面子而派人去监狱里杀了田丰。田丰对袁绍很了解，说袁绍"外宽而内忌，不念忠诚"，如果我的话没有应验，他胜利了，还可能赦免我，现在我的话应验了，他失败了，感到羞耻，一定会杀了我。死前自我感叹说："大丈夫生于天地间，不识其主而事之，是无智也！今日受死，夫何足惜！"

"不识其主"选择错误而落得一死。沮授和田丰，是典型的不能"知遇"而失败身死的悲剧。小说有一首七言绝句感叹："昨朝沮授军中丧，今日田丰狱内亡。河北栋梁皆折断，本初焉不丧家邦！"本初是袁绍的字，他不能信用谋臣，最后完全失败，丢了地盘不说，全家也都死于非命。

　　上面列举的悲剧性故事，更强调"机遇"和"选择"，也就是命运给不给"机会""遇"到真正的"另一半"，双方的选择对不对。机遇来了，选择对了，是正剧；没有机遇，选择错了，是悲剧。如陈宫不幸，遇曹操，遇吕布，没有遇对也没有选对。田丰也很不幸，选错了，临死才觉悟而后悔，已经迟了。赵云比较幸运，虽然先后在袁绍和公孙瓒那里未遇，但最后"知遇"到了刘备。

　　人生最苦难知遇，一旦选错成悲剧。

五、《三国志演义》"知遇"故事有多少？

（一）传统起源和《三国志演义》的继承

《三国志演义》反复渲染的"知遇之感"，有着悠久的历史文化传统。中国从先秦时期，就产生了对"知遇之感"的文化追求。有几个流传久远的故事。我们知道"三家分晋"是春秋时期转变为战国时期的一个标志性事件。晋国后来被三个大家族分裂成三国，就是韩国、魏国和赵国。晋国原来最有势力的贵族智氏，被赵襄子给推翻杀死了。智氏原来的一个家臣叫豫让，立志要杀掉赵襄子给智氏报仇，他刺杀赵襄子，第一次失败，赵襄子抓住豫让，念在他为故主报仇，把他放了，但他漆身吞炭，让人认不出来，坚持不懈地继续刺杀。最后一次被抓住，赵襄子责问他，说你曾先后给范氏和中行氏当过门客，范氏和中行氏被智氏所杀，你怎么不报仇反而投靠智氏？偏偏对智氏这样执着呢？豫让回答说，范氏和中行氏"众人遇我，我故众人报之。至于智氏，国士遇我，我故国士报之"（《史记·刺客列传》）。就是说范氏和中行氏把我当作普通门客对待，没有太多恩义，我也用一般的态度回报他们，所以不用为他们报仇。智伯把我当作"国士"（国家的杰出人士）对待，对我有厚恩，我就要用"国士"的态度回报他。士为知己者死，女为说（悦）己者容。我坚持这种理念。死前还要求赵襄子把自己的衣服给他，他用剑对着衣服砍杀了三次，象征性地为智氏报了仇。聂政和荆轲也有类似的故事和说法。后来"士"就不仅指豫让、荆轲那样的刺客、游侠一类的武士，也包括一切人了。如著名的信陵君窃符救赵的故事中，侯嬴、朱亥、如姬等各种身份的人，都表现了知遇之感。"士为知己者死（用），女为说（悦）己者容"从此成了一种影响深远的文化精神和行为规范。女为说（悦）己者容，意思是女子为了喜欢自己的男子而精心打扮美容。"知遇之感"的说法就是从这儿来的。

这些"知遇"故事，虽然也都和政治相关，但更强调的是个人"知遇"的感激和报答。《三国志演义》众多的"知遇"故事，有正面的，有反面的，反复表达这个主题，是对悠久历史文化传统的继承，但也有所发展，如更加突出"选择"，更加强调政治理想和目标的一致性等。

前面讲过，张辽明确以"豫让'众人''国士'之论"劝曹操争取关羽。孙策之死也是一个典型例子。孙策在江东称霸，吴郡太守许贡给曹操上书，要曹操防备孙策，书信被孙策手下截获，孙策绞死了许贡。但许贡的三个门客，却立志为许贡报仇，趁着孙策打猎一个人追鹿时，三人一起进攻孙策，结果孙策受重伤而死。那三个门客虽然被孙策手下的兵将砍为肉泥，但实践了"士为知己者死"的诺言。第二十九回三个门客说得很清楚："我等是许贡家客，特来为主人报仇。"毛宗岗评点这一段说,智伯只有一个豫让,许贡却有三个门客为他报仇。不知道许贡是不是也像智伯对待豫让那样对待三个门客。原文是:"智伯之客只一,许贡之客有三。未知许贡之待此三人,亦能如智伯之待豫让否也?"把许贡的三个门客杀孙策,和豫让刺杀赵襄子报答智伯互相联系比较,说明这是典型的传统"知遇之感"的延续。

"知遇之感"的核心内容,是一旦两人相知而"遇合",则倍加珍惜,把"知遇"坚持到底,是最受推崇的品德。知遇之感为什么有这样大的精神感召力量呢?

先秦烈士创风采,知遇之感传百代。

(二)"知遇之感"的三点意义

首先,"知遇"是一种二人关系,而且通常是指领导者和重要下属——"主臣"的关系,当然也就主要在政治领域特别突显。正如孔子对周易乾卦九五爻所作解释："同声相应，同气相求；水流湿，火就燥；云从龙，风从虎。"

因此，"知遇之感"使残酷的政治变得人性化和理想化。无情的政治通过这个中介变得"有情"了。政治，尤其是封建专制政治，是很残酷无情的，所谓政治智慧和谋略，其实是权术、血腥、冷酷和不择手段。《三国志演义》很真实地反映了这个方面，如何进杀董太后，董卓杀汉少帝与何太后，王允杀董卓，曹操杀董承、董贵妃、伏完、伏皇后，司马懿杀曹爽等等。但《三国志演义》也通过对"知遇之感"的大力渲染，给残酷的政治带来了某些人性的光辉。前面讲过的那些优美的主臣"知遇"都艺术地展示了这方面的内容。特别是刘、关、张的君臣而兄弟，刘备与诸葛亮的"如鱼得水"等描写，确实把无情的政治变得有情。

汉高祖刘邦杀了大功臣韩信等，韩信死前哀叹："狡兔死，良狗烹；高鸟尽，良弓藏；敌国破，谋臣亡。"这几句经典的话来自春秋战国时越国大夫范蠡和文种的故事，文种在帮助越王勾践灭吴后，没有像同事范蠡知机而退，被越王所杀。宋太祖杯酒释兵权，显得宽仁一些。朱元璋屡兴大狱，杀害功臣，更是骇人听闻。中国传统政治中始终贯穿着两条线索，一条是"鸟尽弓藏，兔死狗烹"的反人性的现实主义，另一条是"知遇之感"的人性化的理想主义。《三国志演义》以无与伦比的艺术笔触既揭示了前者，更张扬了后者，使政治人性化、理想化，给黑暗王国带来一线光明。《三国志演义》能成为文学经典，这是重要的一点。

其次，知遇之感有三个关键字：遇、知、感。也就是"主"和"臣"很难得地相遇了，主特别能欣赏臣的才干，给他充分展示才干的机会和条件，双方配合默契，因而在事业上获得了成功。这上升到一种人生境界，双方都有一种幸运感、幸福感，特别是臣的一方，对主的一方有深深的感激之情。因为知遇之感促成了情志与才智的互动。

美国有个心理学家马斯洛，分析人生有高低不同层次的追求，最高的层次是最大限度地发挥出自我各方面的才干和潜能，达到自我实现，那时才会感到最大的满足和快乐。中国也很早就有"太上立德，其次立功，其次立言"（《左传》）的说法，叫"三不朽"：就是最高的成就是"立德"，就是像孔子那样成为圣人，或者像基督、释迦牟尼那样开创宗教；第二等是立功，就是在政治军事等领域建功立业；第三等是立言，就是在学术方面做出贡献，成一家之言。虽然层次不同，但共同的一点是都把自己的才智发挥了出来并有所成就，因而也必然会产生巨大的人生成就感、幸福感。

　　"知遇之感"有巨大的吸引力，一个主要原因是它为自我的实现创造了最佳选择。周瑜和孙权的知遇造成了赤壁一战而鼎足三分的大格局，周瑜的才情、智慧乃至风流倜傥都在这种遇合中得到完美的实现。所谓"遥想公瑾当年，小乔初嫁了，雄姿英发。羽扇纶巾，谈笑间，樯橹灰飞烟

119

灭"（苏轼《念奴娇·赤壁怀古》）。五虎上将和诸葛亮与刘备的遇合，也是最大限度地发挥出他们的武艺和智慧的先决条件。

最后，实现"知遇"是很难的，"遇"有时候是"众里寻他千百度"方在"灯火阑珊处"偶然发现。因而双方都十分珍惜，最高的境界达到了生死相许的程度。"知遇之感"进一步升华，就成为"知音"和"高山流水"的文化精神追求。并使"知遇""知己""知音"成了一种人生境界的追求，造成对人生孤独感、虚无感的理想化解，使人的心灵有所依托。

"知音"也有一个故事，所谓"高山流水遇知音"，比知遇更深了一层。这是春秋战国时期俞伯牙和锺子期的传说，是《列子》中记载的。说俞伯牙到楚国出差，他是个弹琴高手，休息时拿出琴来弹奏，遇到一个当地人锺子期也很有音乐修养。伯牙弹一曲，子期说这是表现高山的雄伟，"峨峨兮若泰山";伯牙弹另一曲，子期说这是表现奔腾的流水，"洋洋兮若江河"，都符合伯牙的动机。器乐的表现是比较抽象的，不是真懂，就说不出来，所以说"阳春白雪""曲高和寡"而"知音难遇"。后来伯牙出差回来又来找子期，没想到子期已经去世了，据说伯牙感叹说从此以后再也没有人是我的"知音"了，把琴摔碎，一辈子不再弹琴了。"知音"和"高山流水"从此成了极有生命力的词语和成语。

"知音"突破"知遇"局限于政治的单一层面，有了更广更深的内容，就是更加突出一种心灵的互相理解，更个人化，突出一种"心心相印"的幸福感。当然核心还是对能欣赏自己优秀和独特方面的对象特别感动。在此基础上，又衍生出"知己"一词。知己既包括了知遇，也包括了知音。

宇宙无穷而人生有限，"人生如梦"是千古的感慨，孤独感和虚无感是随着人的生命一起到来的。对待孤独感和虚无感的态度各民族和各种文化是不同的。比如基督教皈依上帝，相信上帝与我同在，就不感到孤独了。而中国文化乐于在实际的事业中安身立命。政治、学术、文学艺术创造等，都被看成伟大的事业，人获得"知遇""知音"，获得成功并被欣赏，自我实现了，生命也就克服了孤独和虚无。得到知遇、知音不仅有成就事业、实现自我、渴望永恒的满足，而且还能获得心灵相互契合的喜悦，让人觉得死而无憾。孤独感和虚无感被化解了。

政治有了情感，才能促进施展，心灵不再孤单。

（三）《虬髯客传》和诗词里的"知遇"

这种对"知己""知遇""知音"的追求代代延续，起伏变奏，在各种文学作品中得到反复表现。诗词、散文、小说、戏曲，各种文学体裁都有，有从正面赞叹的，有从反面慨叹的。唐人传奇《虬髯客传》就表现了多方面的"知遇"

和"选择"主题。红拂伎在隋末慧眼识英雄,果断地离开大官僚杨素,而夜奔草莽英雄李靖,是选择丈夫;遇到虬髯客而认为兄妹,是选择朋友;和李靖投奔太原公子李世民,是选择领导;虬髯客认识到李世民将是天下英主,就去海外发展,并赠李靖和红拂巨资去随李世民起事,也是具"慧眼"而对"知遇"有深刻理解。

再比如诗歌里面:"海内存知己,天涯若比邻。"(唐代王勃《送杜少府之任蜀川》)"当路谁相假?知音世所稀。"(唐代孟浩然《留别王维》)"把吴钩看了,栏杆拍遍,无人会,登临意。"(宋代辛弃疾《水龙吟·登建康赏心亭》)等等,直到清代的蒙学丛书《增广贤文》中所谓"知音说与知音听,不是知音莫与弹",都是对知遇、知己、知音的渴望和追求。

选友选夫红拂女,知音升华超知遇。

"全景"式地表现"知遇之感",在艺术上达到了空前高度的,是《三国志演义》。让我们回味诸葛亮在草堂中所吟的那首小诗结束讲解，这首小诗透露的弦外之音不是人生如"大梦"觉醒后的悲哀和绝望，而是期待知遇大展身手不负此生的矜持和自命不凡：

　　大梦谁先觉？平生我自知。草堂春睡足，窗外日迟迟。

附录

《三国志演义》的版本、作者、研究概况

一、"三国"故事的渊源与流变

晋陈寿《三国志》——南朝宋裴松之《三国志》注——晚唐李商隐诗中有"或谑张飞胡，或笑邓艾吃"——宋代说话（即说书）有"说三分"即讲述魏、蜀、吴的三国故事——元至治年间（1321—1323）建安（福建中部古郡）虞氏刊印说书话本《三国志平话》以及《三分事略》——宋元戏文中有多种三国故事，如《关大王独赴单刀会》——元代与元明之际三国题材杂剧剧目六十种，现存剧本二十一种。

二、罗贯中的《三国志通俗演义》

现在留存明清时期三国故事刊本有三十多种，研究者们还续有发现，书名并不统一。最早而且比较完整的版本是刊行于嘉靖年间的刊本《三国志通俗演义》，主要有两种：嘉靖壬午本和叶逢春刊本。叶逢春刊本是孤本，保存在西班牙马德里一家修道院的图书馆中，有国家图书馆出版陈翔华编辑影印本、上海古籍出版社影印本、日本出版的影印本。

嘉靖壬午本刊行于嘉靖元年（壬午 1522），是接近罗贯中原本的刊本，只能说"接近"，因为已经有了某些后人的改动。而嘉靖本是否真有元末明初的祖本根据，或者只是明中期文人创作，而托古借名"罗贯中编次"，也仍然是一个有争议的学术问题。

三、《三国志传》与《三国志演义》

今存嘉靖至天启年间的刊本中不少书名题"三国志传"。"志传"系统穿插有"演义"文本所没有的关羽次子关索（或花关索）一生的故事。

清朝康熙年间毛纶、毛宗岗父子的校改、评点本，是自康熙以来流行的大众读本。毛评本叫《三国志演义》。最早的毛评本由醉耕堂刊行，上面有康熙十八年（1679）十二月李渔写的序。

后来书商把李渔的序稍作改写，署上金圣叹之名。

毛纶、毛宗岗父子对《三国志通俗演义》作了大幅度的校订、增删、润色、评批。

四、罗本与毛本的比较

罗贯中原本为二百四十则，明末有一种署"李卓吾先生批评"的本子，把每两则合并为一回，并明确标出"第×回"。毛纶、毛宗岗本进一步对参差不齐的两回回目加以润色，变成每回以七字或八字组成对偶句的回目，成为共一百二十回的《三国志演义》。

比如开头，罗本第一则与第二则题目分别为"祭天地桃园结义""刘玄德斩寇立功"，毛本合并第一则与第二则为第一回，回目变为对仗："宴桃园豪杰三结义，斩黄巾英雄首立功"。

《三国志演义》开头的《临江仙》词，即"滚滚长江东逝水"乃明朝杨慎作品，罗本原无，毛本加入，并在词后加评语曰："以词起，以诗结。"因为第一百二十回末有一篇古风，所谓："高祖提剑入咸阳，炎炎红日出扶桑。……鼎足三分已成梦，后人凭吊空牢骚。"

在《临江仙》词后面的"话说天下大势，分久必合，合久必分……桓帝禁锢善类，崇信宦官"一段名言，也是毛本的创造。罗本的小说开头，是："后汉桓帝崩，灵帝即位，时年十二岁。"

毛本对小说情节作了不少修改，订正了某些明显讹误的史实，更换了论赞，润色了语言文字，艺术性明显提高了，在思想上则加强了帝蜀寇魏的倾向性。

例如对曹操出场的描写，罗本对曹操更多赞语，说："为首闪出一个好英雄，身长七尺，细眼长髯。胆量过人，机谋出众，笑齐桓、晋文无匡扶之功，论赵高、王莽少纵横之策。用兵仿佛孙、吴，胸内熟谙韬略。"说到曹操的出身，也追溯到"乃汉相曹参二十四代孙"。

毛本删去赞美性的话，对曹操作了有意的矮化。只写:"为首闪出一将,身长七尺,细眼长髯,官拜车骑都尉……"又说其祖乃"中常侍曹腾之养子,故冒姓曹",突出了曹操与宦官的亲密关系。

五、关于小说的作者

明嘉靖壬午本,上面题署分明:

晋平阳侯陈寿史传

后学罗本贯中编次

"晋平阳侯陈寿史传"即指晋代陈寿的历史著作《三国志》,陈寿本是蜀汉人,蜀汉灭亡后在晋朝做过官,写了《三国志》。研究者指出,"平阳侯"其实应该是"平阳侯相",即平阳侯手下的一个属吏。"后学罗本贯中编次"是说一个姓罗名本字贯中的人,根据《三国志》做文学演义创作,写出小说。一些学者认为,"编次"一词,不仅含有"编辑"的意思,而且可以理解为"撰写"和"创作"。

宁波天一阁藏明代蓝格抄本《录鬼簿·录鬼簿续编》，在"续编"中有罗贯中小传。《录鬼簿》为元末钟嗣成著作。《录鬼簿续编》为元末明初贾仲明所增补。贾仲明在《书录鬼簿后》题署"永乐二十年壬寅中秋"，自称"八十云水翁"。永乐二十年是1422年。

根据贾仲明的记载，罗贯中是"太原人"，号"湖海散人"，是一位戏曲剧作家，他的性格"与人寡合"，和贾仲明是"忘年交"。以罗贯中的年龄大于贾仲明为前提，推算罗贯中的年龄：大约生于元代泰定二年（1325），或者生于元代延祐二年（1315），贾仲明说罗贯中"不知其所终"，也没有提到罗贯中是《三国志通俗演义》的作者。

又有"太原"与"东原"之辨。因为明代中期蒋大器（庸愚子）《三国志通俗演义序》中说罗贯中是"东原"人，此后各种刊本因之。"东原"即山东省东平县，东原是古地名。

不过蒋大器写序的年代距离罗贯中的时代将近百年之久，因而当代多数学者仍然倾向于罗贯中为山西太原人。

根据以上情况，通常认为《三国志通俗演义》为太原人罗贯中所著，成书于元末明初。但质疑也同时存在，认为从印刷术等历史情况作学术考察，长篇章回小说的成书更可能发生在明中叶，而不会提前到元末明初。如果从这种立场看，既然现存最早刊本《三国志通俗演义》是明嘉靖元年的本子，那么它的作者只能是同时或稍早时段的某个无名氏文人，也许就是那个为《三国志通俗演义》写序言的蒋大器。

后来成为大众普泛读本的，则是清康熙年间毛纶、毛宗岗父子的修订评点本《三国志演义》，而书坊翻刻，多简称为《三国演义》。

无论《三国志通俗演义》或《三国志演义》，意思都是根据史书《三国志》而作文学化"演义"，而简称《三国演义》，意思就成了是演义魏、蜀、吴"三国"的小说。我们前面的"探秘"文章所针对的文本，都是毛纶、毛宗岗父子作了重大修改润色的《三国志演义》，并不完全是原本《三国志通俗演义》，讲学术规范，也不能简称《三国演义》。

六、毛评本的评点

毛纶、毛宗岗父子除了对小说正文作了史实考订和文字润色外，更写了许多评批，每回既有总评，又有夹评，行世以来，影响深远。这些评批是杰出的文学批评，也是优美的文章，如第三十七回评点诸葛亮出场：

此卷极写孔明，而篇中却无孔明，盖善写妙人者，不于有处写，正于无处写。写其人如闲云野鹤之不可定，而其人始远；写其人如威凤祥麟之不易睹，而其人始尊，且孔明虽未得一遇，而见孔明之居，则极其幽秀；见孔明之童，则极其古淡；见孔明之友，则极其高超；见孔明之弟，则极其旷逸；见孔明之丈人，则极其清韵；见孔明之题咏，则极其俊妙。不待接席言欢，而孔明之为孔明，于此领略过半矣。

七、《三国志演义》的研究

以 1915 年 9 月 15 日出版《新青年》创刊号为标志的新文化运动以后，逐渐引进了西方的学术研究范式，科学考证与逻辑论证即成为现代意义上学术研究的默契。《三国志演义》的研究也不例外。胡适的《中国章回小说考证》与鲁迅的《中国小说史略》是开山的经典研究著作。此后学者们踵武接力，对《三国志演义》的版本和作者考证、小说文本分析、毛纶和毛宗岗评点的研究等都取得了许多成果。这里提供几种参考书目：中国华侨出版社 2008 年出版过常宝等选编

《名家品三国》，黑龙江教育出版社 2001 年出版关四平《三国演义源流研究》，文津出版社 2006 年出版陈翔华《三国志演义纵论》，江苏古籍出版社 1992 年出版沈伯俊《校理本三国演义》以及四川人民出版社 2000 年出版《三国漫话》，天津人民出版社 2008 年出版吕思勉《三国史话》，三晋出版社 2012 年出版梁归智评批本《三国演义》。

根据学者们的研究，有关《三国志演义》的思想内容和艺术审美，有以下一些共识。

小说的思想主旨：表达向往明君良臣治理天下的愿望；政治上企慕仁政；人格上推崇忠义；才能上崇尚智勇；同时对历史进程的残酷复杂特别是在这种历史演变中人的悲剧命运感到某种迷惘与怆痛。

小说的艺术特色：艺术的虚与历史的实二者之间恰当的结合；全景式的战争描写；类型化的人物性格；历史演义体的语言"文不甚深，言不甚俗"，粗笔勾勒见长，简洁、明快、生动、有力。

《三国志演义》是章回小说之祖、历史演义小说之祖、民族文化的"亚史诗"。

《三国志演义》文本的艺术结构可作如下分析：

第一回到第十回：军阀混战第一期，董卓事件为中心；

第十一回到第三十三回：军阀混战第二期，曹操袁绍对决为中心，官渡大战为高潮；

第三十四回到第五十回：刘备崛起与三国鼎立形成为中心，诸葛亮出山与赤壁大战为高潮；

第五十一回到第六十五回：孙刘争锋与刘备占益州为中心；

第六十六回到第八十四回：蜀汉由盛转衰为中心，夷陵大战为高潮；

第八十五回到第一百零五回：诸葛亮执政时期，七擒孟获、六出祁山；

第一百零六回到第一百二十回：三国归晋。

图书在版编目（CIP）数据

一看就明白的《三国演义》/ 梁归智著 . -- 北京：作家出版社，2024.7

ISBN 978-7-5212-2919-6

Ⅰ. I207.413

中国国家版本馆 CIP 数据核字第 20241F33K1 号

一看就明白的《三国演义》

作　　者：梁归智
责任编辑：单文怡
装帧设计：书游记
插画支持：北溟有风
内文插画：钟乐源
出版发行：作家出版社有限公司
社　　址：北京农展馆南里 10 号　　　邮　　编：100125
电话传真：86-10-65067186（发行中心及邮购部）
　　　　　86-10-65004079（总编室）
E-mail:zuojia @ zuojia.net.cn
http://www.zuojiachubanshe.com
印　　刷：北京博海升彩色印刷有限公司
成品尺寸：140×160
字　　数：60 千
印　　张：3.25
版　　次：2024 年 7 月第 1 版
印　　次：2024 年 7 月第 1 次印刷
ISBN 978-7-5212-2919-6
定　　价：29.00 元

作家版图书，版权所有，侵权必究。
作家版图书，印装错误可随时退换。